只能是秘密

I've Always Loved You

by Sophia

Sophia作品集11

00□

阿靖總是站在我的右邊。

因為我的左耳聽不見。

□

單側耳朵聽不見這件事並沒有對我的生活帶來多大的不便，隨著時間推移，連我的家人都幾乎忘了這一點。

大概就像不小心在額頭留下一道淺淺的疤，必須仔細端詳才會察覺；然而就算看見了，頂多也只會給出「真的耶，不仔細觀察還真發現不了」的心得。

聽起來很重大，但對我而言並沒有太大的差別。

我非常認真的這麼認為。

雖然比起一般人稍微容易跌倒，也需要多花上一些力氣來聽辨別人的說話內容，但比起不便，說不定替我帶來更多的好處；雖然不完全出自本意，但在大多數人眼裡，我樹立了一種「總是慎重對待每一個人」的形象，在好感度加分下，其他人對我的小失誤包容度也提升許多。

有些人或許會把我的心態稱為樂觀，但我並沒有特地往好處想，單純是把一件事產生的好處與壞處擺上天平，觀察傾斜的方向而已。

當然，比起這一些，讓天平傾斜的關鍵因素其實只有一個。

那就是阿靖。

與我有著相同名字讀音的男孩。

無論額頭上的疤痕多淺多淡，一個人的生命中總會遇見某個格外小心看待那道疤痕的人，那種慎重與疼痛是否還持續著、或者疤痕的當事者在意與否完全無關，純粹是在意著曾受過傷這件事實。

那個人，便是那樣極其慎重地對待那道疤痕。

「一邊耳朵聽不見真是太好了。」

我甚至萌生過這樣的念頭。

曾經我也確實對阿靖這麼說過。

原本我以為會得到青春電影般爽朗的回應，「嗯，雖然一開始有點痛，也付出了一點代價，但比起此刻被放在掌心的幸福，這一切實在美好到不像真的。」

大概是這種程度的爽朗，但在我的期待之下，阿靖只是瞄了我一眼，一個聲音都沒有發出來。

也可能有。

我不太能掌握細微的聲音，阿靖比誰都還要明白這一點，既然不在我能聽辨的範圍之內，那便是阿靖不打算給我回應。

他不想說，或者不想讓我聽到，對我而言結果是一樣的。

總之我預想的清爽畫面沒有上演，但無論畫面的顏色濃淡深淺，我的想法一向很簡單——

裡頭擺著阿靖就好。

世界從來就不那麼複雜，也不需要擺進太多內容物。

只要有阿靖就好。

我把生菜沙拉裡的番茄一塊一塊夾到阿靖的盤子裡。

他連眼皮都沒掀一下，非常自然地就把番茄放進嘴裡，完全不在乎生番茄和炒菠菜完全不搭這件事。

真有點於心不忍。

我瞪視著筷子上最後一塊番茄，內心開始拉扯交戰，僵硬的右手一點一點拉近唇畔，在番茄幾乎要送進嘴裡時，阿靖好聽的聲音打斷了我。

「給我。」

「我可以的。」

阿靖看了我一眼，伸出手握住我的右手，不由分說便將懸在筷子上的番茄吃了下去，下一刻他立刻又回復到起先的姿態，繼續夾起炒菠菜吃了起來。

我的於心不忍簡直到了極點。

「給你吧。」

我把鳳梨蝦球推到阿靖面前，希望藉此能療癒他被番茄重挫的內心。

但他大概是受創過深，一點也不領受我的好意。

「快吃。」

話少又秉持吃飯不說話的阿靖在這一餐已經說了兩句話，我想還是不要挑戰他的極限比較好，於是我乖巧地點了兩下頭，但還是夾了塊蝦球到他碗裡。放進他碗裡的他就會吃掉。

阿靖的習慣真是偉大。

我一邊咀嚼著鳳梨，一邊觀察著阿靖美好的輪廓。

阿靖五官上的每一道線條彷彿都染上獨特的氣息，我不清楚究竟是阿靖個人的獨特擴散到他的五官線條，又或者他的五官線條加深了阿靖的獨特，對於有多種解釋的狀況，我的掌握力實在顯得薄弱。

大概是認識阿靖太過長久了，我很難確切將他歸類，只能模糊地給出「阿靖很好看」的答案。

對我而言，阿靖就長著一張阿靖的臉。

不過，單就落在他身上的大量目光來判斷，阿靖確實被擺在光譜的另一端。

「專心吃飯。」

「你今天說了三句話。」在我夾起最後一顆蝦球時，阿靖已經將他面前的食物完全消滅，「好吧，你吃完了，所以還是兩句。」

阿靖沒有打算搭理我，從背包拿出小說，靜靜讀了起來。

他總是非常明確地做出回答，要或者不要，可以或者不可以，即使不藉由言語也會在舉止間讓人徹底接收到訊息，他此刻的表現，便是「在妳吃完飯之前我不會理妳」。

一旦阿靖做出決定，無論怎麼求情或者撒潑都沒有用處。無情。有原則。

外界的評價總是奠基於好感度的多寡。所以說，多經營一點還是必須的。

「我跟小宛約好要去看電影，你不用等我下課。」

「結束之後我去接妳。」

「不用了，跑來跑去多麻煩。」我抿了口過甜的紅茶，蹙起眉接過阿靖遞來的水瓶，「到家之後我會打電話給你。」

「嗯。」

他輕輕點頭，收起手中的書站起身，站在桌邊等著我穿好外套。

阿靖站在原地等我這件事實在太過自然而然，就像行走或者騎腳踏車一樣。當然起初有個零跨越到一的過程，然而一旦雙腳踩到了「一」的範疇之中，久而久之便忘了曾經處於「零」的狀態。

稍微認真思考的話，輕易就能發覺在我和阿靖之間，他總是走得比較快、動作完成得比較快的那一個，於是我們之間便留有一個空格。

或者停頓。

他會站在某個位置，等著我追上，但在我追上之際他又總是快上那麼零點一秒開始新的移動。

非常細微的時間差。

說不定我從來沒有真正追趕上他。

忽然我抬起眼，不經意瞥見被包裹在逆光之中的阿靖，我試著辨認他的表情，卻無法掌握確切的角度。

阿靖。

我的聲音哽在喉頭，斂下眼我穿好衣服，彷彿方才的凝滯從未阻礙過時間的流動。

走到阿靖的身旁，我的手背輕輕擦過他的，一抹微溫若有似無地滑過，在能夠被辨識前卻又消散殆盡。

「走吧。」

儘管我早了一步邁往前方，沒幾步卻又稍微落後他半步的距離，想了想我還是放棄讓阿靖放慢速度的念頭了。

他已經為了我退讓太多太多了。

「阿靖。」

「嗯？」

「如果有一天，我是說如果，你必須急著前往哪個地方，但我又慢吞吞地追不上你，如果真的碰上那種狀況，阿靖你就先走吧。」

「妳又準備做什麼了？」

「沒有啊，我只是覺得先說好了，才能避免到時候阿靖因為猶豫而錯過什麼重要的東西吧。」我拍了拍他的肩膀，露出甜膩膩的笑容，「因為，每個人都會有想要踏上偉大航道的一天啊。」

在那天到來之前，我會努力做好微笑道別的預備。

因為，我比誰都希望阿靖能夠得到幸福。

□

——我會努力做好微笑道別的預備。

「想是這樣想啦……」

托著腮我有一搭沒一搭地捲著髮尾，一不小心就開始喃喃自語。

一想到要目送阿靖邁向沒有我的偉大航道，就像有哪個人拿著釘子鏗鏗鏗地敲入心臟，一絲絲的疼慢慢滲進深處，幾乎要蓋過此刻我腳踝的腫痛。

畢竟，在我有限的生命裡，每一天都能找到屬於阿靖的存在，理所當然到了我幾乎沒有考慮過兩個人的人生終究會迎來分岔點。

又或者，每當我和阿靖站上分岔點，無論過程如何糾結輾轉，最終我和他仍舊會一前一後地踏上同一條路途。

兩年前格外艱難的升學考我都咬牙挺過來了，大學放榜時面對爸媽欣慰的表情我不由得有些心虛，我並非開竅，也非懂得爭取未來，單純是高二那年偷看到阿靖正在查詢志願系所，我才意識到自己跟他站立的位置，在我來不及察覺之前便悄悄拉開距離。

但我終究是明白了，人生真正的分岔點，並不是肉眼可見的位置，而是更深層也更內部的分歧，而這不是能藉由任何一份努力消弭的。

「就不能有哪個辦法可以把阿靖直接變成我的嗎？」

沒有。

即使裡裡外外思考了一萬遍，也只能得出「沒有」這個結論。

無路可進所以只能後退。

人生還真是磨難。

「關係太緊密也是一種麻煩啊……」

為了轉移注意力我將視線移向不遠處的螢幕，紅色的亮光顯示著「47」。距離我的號碼還有11個空格，只是世界的運轉偶爾並不那樣直觀，也不是像跳格子一樣按照順序往前啪啪啪地奮力跳過就可以抵達天空。

這世間還有「過號」這種存在。

幾分鐘前我分明已經數到了50，思緒不小心飄到阿靖身上繞了一圈後數字竟然又往後退了三格，沒想到混亂的不僅僅是我的腦袋，還有計算數字的規則。

第三次重來之後我決定放棄，轉而研究起窗外的路人。

右前方穿著千鳥紋外套的女人扠著手看了第三次錶，就跟多按一百次電梯鈕電梯也不會來得比較快一樣，分針與秒針移動的速度穩定得簡直像在嘲諷焦急的人們一樣；然而人即使明白這一點，焦急的時候彷彿不做些什麼不行，像為了要替胸口裡的急切找尋出口，卻也像為了要讓急切更加濃稠。

所以我總是反覆告訴自己「慢慢來就好」。

嗯，慢慢來就好。

像咒語一樣，多唸上幾次心就會悄悄安定下來。

穿著千鳥紋外套的女人終於等到了人，我以為以她緊繃的程度至少會痛斥對方，卻沒想到她在弦被鬆開的瞬間，給出的反應是揚起燦爛閃耀的笑容。

女人抱起朝她跑去的小男孩，假使拿來畫框，就這麼擺著，兩個人立即就能成為一幅美好的畫作。

「人生果然充滿一大堆與設想完全不同的發展啊。」

我輕輕嘆了口氣，指尖答答答地敲擊著窗框，我想著，我和阿靖總是往與我期望不符的方向前進，實際上趨近了彼此，卻也意味著我得不到更靠近他的許可證；大概，就像進入演唱會現場，即使取得了搖滾區的票，也永遠不可能比舞者或嘉賓更靠近主角。

資格真是殘忍的東西。

拉回視線，我又瞄了眼螢幕，剩下一個空格。

我緩慢地站起身，小心轉了轉左腳踝，忍不住皺起眉頭。

疼痛這種存在，果然一開始在意就會像過度膨脹的氣球一樣時時刻刻擠壓著自己。

拖著步伐一頓一頓地往診間移動，途中我不斷告訴自己，只要終點存在便有抵達的一日，但通往診間的道路卻彷彿被扭曲的空間，仍舊顯得極其遙遠。

簡直像種隱喻。

當然，我其實也沒走上幾步，最大的原因大概是我在「要不要把左腳放到地面」這個問題上猶豫太久。

「妳還好嗎？」

我停住動作也暫時收起猶豫，直覺地抬起頭並將腦袋轉向左邊。

一張溫和的面容擺在我的面前，我愣了下，試著搜尋方才那道若有似無的聲音中具切的意義。

思緒轉過一輪後我決定放棄。

「抱歉，我沒聽清楚，你剛剛說了什麼嗎？」

「我問妳還好嗎？」他指了指我的腳，「看起來很不舒服，需要扶妳嗎？如果妳介意的話，我也可以幫妳喊護士過來。」

「很明顯嗎？」

「什麼？」

「我的腳不舒服這件事，看起來很明顯嗎？」

他愣了幾秒，忽然笑了出來。

從他的爽朗笑容中我感受到微妙的糟糕感。

「嗯。」他很誠懇的點頭，「與其說明顯，倒不如說沒辦法當作沒看見。」

「這種回答更糟糕。」

「什麼？」

「沒什麼。」我揚起淺淺的笑，儘管我非常想婉拒，但螢幕上的數字跳到了我的號碼，為了避免造成其他人的困擾，我只好認真地望向他，「可以請你扶我過去診間嗎？借我搭著手，我用右腳跳過去會快很多。」

「好。」

他乾脆地伸出手臂，還體貼的調整了適合我的高度，我給他了一個感激的笑容，有些滑稽地跳往診間。

短髮的護士錯認我和他是一起來的，很溫柔地請他陪我進去看診，由於我的手還搭在他的手臂上，一離開便會再度陷入進退維谷的窘境，我想著反正只是扭傷，便默認了護士的誤會。

「不好意思，麻煩你了。」

「只是幾分鐘而已，我不趕時間。」

在他的幫忙下我順利地在臉色紅潤的醫師面前坐下，他極有禮貌地退到拉簾的另一邊，即使擋不住聲音，至少不會看見我的裸足，更重要的是我的齜牙咧嘴。

我簡直不敢相信這世界居然存在著一邊溫柔安撫人一邊殘暴地扭動傷患腳踝的生物，咬著唇我的眼淚瘋狂在眼眶打轉，一邊數著羊又一邊想著世界的美好才堪堪忍過醫生的蹂躪。

醫生皺起眉，神情慎重地開始數落我的不經心，大意是拖延太久導致紅腫加劇，以及不要以為小傷無所謂。

我只好擺出無辜表情乖巧地聽訓。

通常釋放誠懇的「反省」態度後，能有效縮短訓話時間，但很顯然，這個邏輯並不適用於這個診間。

好不容易熬到醫生決定放過我，準備站起身時我卻聽見拉簾被拉開的聲音，遲了好幾步才想起，方才有個陌生男人一直待在旁邊。

真是糟糕。

「不要讓她隨便走動，這幾天要好好休息。」

「好。」

他輕巧地扶起我，醫生轉而叮囑他，他非常自然地應允，我清楚看見醫生臉上露出滿意的神情，低頭偷偷扮了個鬼臉，抬起頭卻被他逮個正著。

我扯開有些尷尬的笑容，假裝一切都是他的錯覺。

「謝謝你。」

「不用客氣，不過，妳這樣有辦法回去嗎？」

「總是有辦法的。」我放開他的手，讓手改扶住牆面，「我已經佔用你太多時間了。」

「反正不管時間多寡都是佔用，多送妳幾分鐘也沒有關係，而且幫忙只幫一半，會讓我有種不上不下的感覺，就像事情只做了一半，會讓我全身不對勁，所以，也請妳幫我這個忙，好嗎？」

真讓人欽佩。

將幫助別人的舉動解釋成讓別人幫忙自己，發揮善行的最高級莫過於此了。

「你對陌生人一向這麼好嗎？」

「會碰見讓人沒辦法當作沒看見的陌生人，次數其實比妳想像的更少。」

「這一定是諷刺，但我會當作聽不懂。」我嘆了口氣，默默想著身邊的傢伙還真是奇幻，「那就麻煩你了。」

「謝謝妳讓我不會處於不上不下的狀態裡頭。」

「你這樣會讓我感到非常心虛。」我有些無奈地望向他，「一邊心虛一邊感激，實在是很累的一件事，所以就當作是我麻煩你吧，不對，本來就是我麻煩你啊。」

我的話才說完，掛著溫厚微笑的他竟大聲地笑了出來。

果然是個奇幻的男人。

□

他扶著我，兩個人以非常緩慢又不協調的姿態往前移動。

午後的陽光迎面灑落，讓呼吸中融進一股暖意，剛剛吞下的止痛藥似乎漸漸發揮藥效。

我的腦袋有些昏沉，腳踝的痛感似乎也減弱不少；然而我不確定那是不是我的錯覺，而那錯覺之中還夾雜些許雜訊，斷斷續續的。

「啊。」

「怎麼了嗎？」

「沒事。」

我晃了晃腦袋，終於確認雜訊其實是他的說話聲。

他站在我的左邊，聲音不大，於是我沒辦法清楚辨認。

「你剛剛說了什麼嗎？」

「如果覺得我煩的話我可以不說話的。」

「不是。」我有些抱歉地抿著笑，「我屬於比較容易恍神的那種類型，而且我已經習慣朋友大聲說話了，一時間碰上輕聲細語的人，會有種『聲音說不定是從我腦中冒出來』的感覺，而且還是在我吃完藥之後。」

「原來如此，接下來我會稍微放大一點聲量的。」

「所以，你剛剛說了什麼嗎？」

「也沒什麼，只是覺得我和妳走了這麼大段路，我應該要稍微自我介紹。」

我想他大概將我剛剛那段說詞當作禮貌的藉口，他並沒有提高音量，於是我只能異常仔細地聽著他的聲音，並且緊盯著他的唇畔，「陳威倫，我的名字。」

「我的朋友都喊我小靜。」

小靜。

我非常喜歡這個名字。

因為跟阿靖的名字唸起來一模一樣。

「妳——」

陳威倫的聲音忽然止住，連同腳步也一併停下，我來不及反應差點絆倒；他迅速伸手扶住我，但我卻感覺自己的腰際被另一道力量固定住。

詫異地轉過頭，一張過於熟悉的面容映現在我的眼底。

「我送她回去就可以了。」

陳威倫沒有鬆手，我卻在阿靖說完話之後立刻收回手。

大概是察覺我的反應，陳威倫也跟著放手，於是我整個人便落進了阿靖懷裡。

「今天真的太謝謝你了，我哥哥來接我回去了。」

「嗯。」陳威倫點頭，揚起爽颯的微笑，「醫生的話要記住。」

「我會的。」

望著他旋身的弧度我遲遲不願收回視線，能多延遲一秒面對阿靖的時間都好。

醫生。離開前他這麼說。

果然有一類人的溫柔裡總帶著刺，即便他本人毫無所覺，卻已然深深扎進我的心頭。

我沒有忘記，我「應該要和小宛去看電影」。

「阿靖怎麼會在這裡？」

我討好地看著阿靖，他卻連一個目光都沒有給我，猛然施力便將我打橫抱起，步伐堅定地迎向日光來處往前踏去。

阿靖的心跳聲清楚地傳進我的右耳。

咚咚咚地。

從小到大都是這樣，越是不想讓阿靖擔心，結果卻總是往讓阿靖越擔心的方向偏移。

斂下眼，我的右手下意識扯著左手指尖，腦中至少轉了三個版本的說詞，例如和小宛看電影的途中不慎拐到腳，或者被路邊的狗嚇到逃避不及才跌倒，雖然很蠢，但這些都確實發生過；但我旋即打消念頭，無論我編造的劇本多麼天衣無縫，在阿靖眼底，必然披滿一條又一條的裂痕。

儘管我非常擅長說謊。

為了不讓其他人特別看待我的情況，大多時候我都能信手拈來合情合理的解釋，既不傷人，也不暴露自身；然而，阿靖總是在我準備好謊言之前便看穿了我。

於是，所有的謊言，無論保持著如何的善意，遞到他掌心都是帶刺的欺騙。

更讓人難以承受的則是，縱使清楚我給出的是謊言，只要我給出劇本，阿靖仍舊會循著脈絡往下走。

我花了很長一段時間才察覺這一點。

「昨天晚上起床喝水的時候，不小心踩空摔下樓梯，冰敷之後感覺沒有大礙，今天早上也只有一點點不舒服，真的只有一點點，大概就像一顆拇指大小的石頭掉進太平洋的那種程度，但慢慢感覺稍微痛了一點，真的就一點，不想讓你擔心才想自己去看醫生，只是……」

我無奈地嘆了口氣。

說到這裡竟然有股委屈瀰漫開來，我抬起頭，看見的卻只有阿靖的下巴線條。

「從學校到診所的路上我不小心又拐到腳，一加一的根本不是二，簡直到了十的程度。」我喪氣地又低下頭，說再多也只是多餘的解釋罷了。「你為什麼會出現在這裡？」

「這時間妳差不多看完電影了。」

「就算真的去看電影，你也不需要特地跑一趟去接我，阿靖也有很多事情要做吧，偶爾也要跟朋友出去玩啊，再說了，大學生最重要的兩件事就是讀書跟戀愛，你多少也要為此稍微做點努力才對吧，這樣下去你怎麼交得到女朋友呢？就算我拚命說明我們只是青梅竹馬，我絕對不是你的女朋友，但基本上只要你的身邊老是有個女孩子，對你的感情生活就是個非常大的阻礙吧。

「還有啊，雖然我知道抱著我走是最節省時間的辦法，但正常來說一個男人的公主抱應該是女朋友限定喔，用在青梅竹馬身上並不是溫柔的表現，而是在替我樹立敵人，雖然你現在還沒有交往對象，但人總是要隨時為迎接一段關係做好準備才是，你應該多學學小宛，她每一秒鐘都抱持著『下一秒會出現真命天子』的心情，全心全意在預備著，而且女朋友這種生物得意技能之一就是『翻舊帳』喔，我可是打算跟你未來的交往對象維持良好關係呢，所以說啊——」

「開門。」

不知何時已經到了我家門口，阿靖打斷我的長篇大論，示意我拿出鑰匙開鎖。

我有些遲緩地轉開門鎖，還沒來得及將門推開，他就抬起修長的腿踢開門。

阿靖逕自走向客廳，流暢地將我放往沙發，最後蹲下身輕緩握住我的左腳，繃緊臉仔細地進行確認。

他百分之一千沒把我說的話聽進去。

我很想告訴他，握住腳踝這種事除了醫療相關人員之外，也是女朋友限定。

「你到底有沒有在聽我說話？」

「沒有。」

「你該不會喜歡我吧？」

「不喜歡。」

「你知道我最喜歡你跟最討厭你哪一點嗎？」

他沒有理我的意思。

但跟阿靖相處久了，不畏艱難地延續話題早已成為最基本的技能。

「我最喜歡你的直接，也最討厭你的直接。」

「醫生說了什麼？」

「你無視我說話的能力真的越來越進步了吶。」

「有開藥嗎？」

「怎麼我跟你對抗那麼多年，一次都沒有贏過呢？」

「林靜蕾。」

「全世界的人都喊我小靜你怎麼就不配合呢？不要這樣看我，就說了不要這樣看我，什麼都不做就這樣看我，然後你就贏了，我怎麼想都不甘心啊，知道了啦，醫生開了肌肉鬆弛劑，三餐飯後要吃，但我剛剛吃了一顆，所以晚餐後應該不用再吃了，腳上的繃帶只是固定用的，拆掉也沒關係，醫生說這只是小事，不要蹦蹦跳跳就好。」

「嗯。」

「我說了這麼多話，你就給一個聲音？」我鼓起臉頰哼了聲，「這世界實在太不公平了。」

「我要回去了，有什麼事再打電話給我。」

「才不會有事。」

阿靖瞥了我一眼，視線又瞄往我的腳踝，阿靖不喜歡說話，大概因此訓練出各式各樣強烈的表達方式，只此一眼我就能清楚掌握他濃厚的威脅。

對上阿靖我總是沒有勝算。

他收回目光，轉身準備離開，卻在踏出步伐時再度停頓。

卻沒有回過身。

「那個人是誰？」

「誰？」

「送妳回來的那個。」

「喔。」我不很在意的應了聲，「在診所遇見的好人。」

阿靖沒有繼續追問，這次確實離開了我的視野。

接著是門被關上的聲響。

落鎖。我才想起來，阿靖其實也有我家的鑰匙。

02

癱靠在沙發上，腦袋有些沉重，大概是藥效作用，也可能是緊繃過後的反彈，總感覺阿靖的體溫還留在腳踝上，而阿靖的心跳聲，也依然在我耳畔迴響著。

一拍、一拍重重地響著。

「你給了我數不清的『女朋友限定』，但最不可能給我的就是『女朋友』這三個字，所以我現在必須把這些『女朋友限定』一樣一樣還給你，唉，收進口袋後再拿出來，比起從來沒得手過更讓人捨不得啊……不是我的，可是又不想還……所謂的『霸佔』就是這麼一回事吧……」

可是，霸佔是違法的。

我蜷曲起雙腳，右手輕輕搭上裹著厚實繃帶的腳踝，緩慢闔上雙眼。

大概只有在夢裡，阿靖才會完全屬於我吧。

翻開講義時小宛滑進了我右邊的座位。

我按下手機錄音鍵，並且自然地將垂落的頭髮塞進右耳後，才抬起頭以淺笑當作招呼。

小宛喜歡湊近我的身旁講悄悄話，彷彿作為課堂的調劑，但我其實不太能夠同時聽取兩道聲源，特別當講台上的教授屬於發音含糊的類型，我便只能花費額外的時間反覆聽辨錄音內容。

往好處想，至少我從來不需要在考試前慌亂熬夜。

「幸好有妳幫忙佔位置，把課排在第一節的教授心中一定懷有對學生的恨意。」

「既然知道教授可能懷抱惡意，妳還是想辦法早一點到比較好。」

「我也想啊，但早上的棉被比熱戀中的男友更讓人依依不捨。」

「這種比喻我不太能理解。」

「也是。」小宛曖昧地抿著笑，「要先知道什麼是『熱戀中的男友』才能理解我的比喻。」

「下次不幫妳佔位置了，嗯，也不幫妳點名，筆記也不借妳，啊，還有，星巴克買一送一的時候我也不要跟妳一起去。」

「妳未免太殘忍了吧。」

「我覺得妳剛剛的發言更加殘忍。」

「嗯，我無法反駁。」小宛誠摯地點頭，講台上的教授開始授課，她將音量減低了大半，「我會好好反省的，而且也會努力進行讓妳脫單的活動的！」

沒有理會小宛的作態，我將注意力轉向講台，來回對照著投影片與講義，刷刷刷地在紙張上畫下重點。

刷刷刷地。

在學習辭彙時我總會不自覺特意記下狀聲詞，言語間也會不經意插入各種擬聲詞，這些辭彙大多不影響語意，捨棄或者抽離都無所謂，效果大概也只有讓人感到發言稍微生動一些，但我本人對這點卻毫無所覺。

直到某個人突然對我說「小靜真的好喜歡用各種狀聲詞喔」，我還愣了一會兒。

「有嗎？」

「不是妳刻意的嗎？我還以為是為了讓氣氛更熱絡才這麼說話，因為覺得很有趣，所以妳說話的時候我都會偷偷數這次用了多少個狀聲詞呢。」

「真的嗎？我一點都沒有察覺到。」

「原來如此，大概跟我說話的尾音會不自覺拉高一樣吧，莫名其妙就養成這種習慣，不過小靜的習慣比我的習慣可愛多了。」

「我的說話方式很奇怪嗎？」

「不奇怪啊，會讓人感覺很特別，也覺得很有趣，但不會覺得奇怪，像是昨天下雨不是下得超大嗎？我們一群人都不由自主抱怨起來，我記得妳說的是『這場雨嘩啦啦地不知道要下到什麼時候』，印象真的非常深刻。」

「大概是小時候繪本讀太多的影響吧。」

「這樣啊，那我的尾音到底是受什麼影響呢？真是的。」

後來我向阿靖確認過，得到了有些模稜兩可但偏向肯定的答案。

我想，說不定是我無意間從事著各種彌補左耳的舉動，那時候我才明白，縱使深深認定某件事並未替自己帶來多少影響，也無法限縮那件事能夠產生的影響程度。

「任何的一切都可能成為那顆掀起巨浪的碎石。」

我在那天的記事欄裡寫下這句話，提醒自己不要隨意認定一件事無關緊要。特別是對於阿靖。

在他那般慎重地看待我的左耳之後，我便再也不將頭髮綁起。

「小靜，妳有在聽我說話嗎？」

小宛用原子筆輕輕戳了我的手背，我才捕捉到她的問句，我很快地撇開頭，表情甚至一點動搖也沒有。

「沒有，我一個字都沒有聽見。」

「妳明明就聽得一清二楚。」小宛將身體湊得更近一點，這是她的習慣，遭到拒絕首先展現的不是退縮，而是趨近，這也是我特別喜歡她的一點。「妳這種態度根本就是默認。」

「我什麼都沒聽見。」

「抵抗是承認的另一種形式，妳又不是沒人追，不談戀愛絕對是因為妳那個青梅竹馬！」

我的筆尖頓在「抗性」這兩個字之間。

重新組織了小宛的話意，她大概是將我當作打發時間的素材，套進她最關注的戀愛主題，東拉西扯之後得出一個她自認相當合理的結論。

「妳就沒有其他的結論了嗎？」

「不這樣我想不透啊，妳又不是那種宣稱『我才不要談戀愛』，或者『男人都是邪惡生物』的偏激份子，妳的戀愛觀很正常啊，也不是沒有機會……柯南說過，『在排除所有可能性之後，剩下的可能無論多麼不合乎情理，那就是真相』，所以我排除所有可能之後，得到的結論只有一個！」小宛篤定的嗓音重重敲擊在我的胸口，「妳喜歡妳的青梅竹馬！」

斂下眼我胡亂地圈起一個被加粗的專有名詞，握著筆的指尖用力到泛白。

我暗自進行著長長的呼吸，稍微鎮定之後我才冷靜地拋出聲音。

「那句話是福爾摩斯說的。」確認了聲音的平靜度後我才繼續往下說，「再說，妳不是一再強調，戀愛不只是一種追求，更重要的是命中註定，我沒談戀愛只是因為我的命中註定來得比其他人晚。」

「是嗎？」

「再說，妳也見過阿靖幾次，妳覺得要是我喜歡他，他還會跟我同進同出嗎？」

「對耶。」小宛露出恍然大悟的表情，「我都忘了那傢伙無情到可怕，自從親眼目睹他秒速拒絕別人告白之後，『告白』這件事在我心中就籠罩上了一層陰影……」

小宛整個人幾乎要貼上我的右側，屬於她的淡淡香水味浮動在半空中，包裹著熱度，輕輕落在我的鼻尖。

我心不在焉地想著，這些對話八成也會清晰地被錄進錄音檔，重新聽讀時也不得不重新經歷一次起伏。

妳喜歡妳的青梅竹馬。

簡單直接的九個字，一寸一寸嵌進我的靈魂。

「他該不會……不喜歡女孩子吧？」

我詫異地轉頭，瞪大眼盯視著小宛，大概是我的反應太過劇烈，她不自覺拉開身體，有些惶恐地看著我。

接著我晃了晃腦袋。

「我不知道。」

「妳居然不否認……」

「我沒問過阿靖這個問題，下次我幫妳問問吧。」小宛的頭拚命左右搖晃，還惹來旁邊同學的側目，「妳今天一直提起阿靖，不要拐彎抹角，要是真的感興趣妳不會現在才問這些。」

「感覺一遇到那傢伙的事妳就會變得特別精明……好啦，是我高中學妹知道我跟妳是好朋友，就拜託我請妳替她搭個線，但提出這種要求之前，我當然要先確定妳的心情啊，在妳跟我學妹之間，我無條件站妳這邊。」

搭線。

我不止一次遇上這類的請託。

起初我總是從善如流，無論是傳話或是轉交書信，我總是對阿靖說「不幫忙在別人眼裡就等於我跟你有曖昧啊」，接著懷抱著小小的惡意，期待著阿靖果斷的拒絕。

我想，正因為清楚阿靖不會接受，我才會同意幫忙吧。

察覺到這一點後我的罪惡感也慢慢膨脹，開始害怕起那些我幸災樂禍過的拒絕，有朝一日會加倍地反噬我的身軀。

並且，我非常害怕，會不會某一天，阿靖承接了哪個人的喜歡。

一想到這點我的指尖便忍不住輕輕地顫抖。

於是便拐著彎，一次又一次試探阿靖的真正心意。

「每次看見像你這樣，接過信下一秒就扔掉，總會有種在看殘酷舞台的感覺吶。」

「那妳就不要幫人轉交。」

「萬一其中有一封是來自你會感興趣的女孩子呢？」

「我一樣不會拆開。」

「為什麼？」

「我不相信這種潤飾過的東西，要是喜歡，我會當面告訴對方。」

我才明白，冷淡又有些不留情面的阿靖，卻總是會耐心聽每一份告白的理由。

從那之後我便不再替任何人搭線。

因為我終於理解，即便是「想藉由幫忙傳遞而短暫碰觸屬於阿靖的感情」這點卑鄙與卑微的希望，都不可能被實現。

「我幫不上忙，以前我也幫其他女生傳過話、送過信喔，雖然在我看來只是個小忙，但不知為何總是會惹阿靖生氣；雖然喜歡他的對象不是我，但承受阿靖怒氣的人是我，雖然這麼說很冷酷，可是我實在不想為了陌生人激怒阿靖。」

「青梅竹馬的角色也不好扮演啊。」

「嗯，確實是很難維持好平衡的位置。」

「但該怎麼說呢，看到一個人努力喜歡著另一個人，就會不由自主想幫點什麼忙。」

「可是，」我稍微停頓了幾秒，讓口吻更加緩和，「你也知道阿靖很不留情……」

「是沒錯啦，我也這麼對學妹說過。」小宛整個人趴到桌上，有一搭沒一搭地轉著原子筆，「但是啊，喜歡大概就是這麼一回事吧，即使知道百分之九十九會被拒絕，甚至有百分之百受傷的可能，卻還是想讓對方知道自己的喜歡。我想，比起被接受，更重要的是想將喜歡傳遞給對方的心情吧。」

「百分之百會帶來傷害的喜歡，擺在心底不是更好嗎？」

「直觀的規則擺進喜歡的世界裡常常不能成立啊。」小宛嘆了一口氣，幽幽地說著，「況且，沒能讓對方知道的喜歡，真的是一種非常哀傷的存在。」

「比起不能說出口的哀傷，反而希望能夠好好地感受到喜歡的疼痛？」

「嗯。」小宛認真點頭，側過臉望向我，「就算是痛，也是對方給的，再說，對方願意給的，除了痛，大概也沒有別的了。」

「妳也有過這種時候嗎？」

「有喔，我曾經暗戀過一個學長兩年，那時候我才知道原來自己其實很膽小，因為覺得百分之百會被拒絕，就說服自己把喜歡放在心裡就好，可是啊，過了這麼久，我還是會想，要是當初自己勇敢一點就好了，至少想讓他知道，有一個人曾經那樣喜歡他。」

「但是——」

「妳說什麼？」

「沒有。」

我輕輕搖頭，視線落在原子筆的藍色尖端。

但是，向對方索求疼痛也只是一種自私，光想著自己承受的疼痛，卻從未考慮過對方的心情。

我很清楚，阿靖在給出拒絕之後，總會不自覺地嘆了一口氣，為那些理應與他無關的感情，幽幽地嘆息。

阿靖他，實在是太溫柔了。

□

我曾經試探過阿靖。

對於那天的一切我記得相當清楚。

那是個天氣反覆的日子，上午還是晴朗無雲的天氣，下午卻像換了顏色一樣佈滿灰黑色的雨雲，還來不及擔心會不會下雨，雨便嘩啦啦地傾倒而下。

沒帶傘的我和阿靖被困在公車亭，公車來來去去了幾班，我和他卻遲遲等不到雨停。

很久以後我回想以來，或許那場雨便是一份隱喻，透露了我和阿靖之間總是瀰漫著雨霧，無論是他或者是我，都註定被雨打濕。

「我跑回去拿傘，妳在這裡等我。」

因為雨聲很大，阿靖的每個字都說得非常清晰而緩慢。

我一邊看著他開闔的唇畔一邊搖晃著腦袋，甚至伸手抓住他的背包，避免他一轉身就奔進雨中。

「但是雨短時間內不會停，待在這裡會越來越冷，跑回去只要五分鐘。」

「你跑回去，我就跟著跑回去。」

「不要。」

但最後我還是眼睜睜看著阿靖修長的身影沒入雨幕之中。

一直以來總是這樣，我既沒辦法忍受阿靖的付出，也割捨不了阿靖的付出，相互拉扯之間，結果始終沒有改變。

在我和阿靖之間，退讓犧牲的總是他。

阿靖再度跑進公車亭時已經換過了衣服，我有些安心，卻又有些難過。

在他離去又返回的這一小段時間當中，我的思緒纏纏繞繞，我並不能想像有多少次在我毫無所覺的狀況下，阿靖像換上乾爽衣物一樣，若無其事地遮掩他的付出。

「走吧。」

「阿靖。」我仍舊站在原地，絲毫沒有移動的打算，「你喜歡我嗎？」

雨聲很大。

非常非常喧囂。

在那之間我無比清晰地感受到包裹著我和他的靜默。

「不喜歡。」

阿靖這麼對我說。

一如他對每個女孩，乾脆地，不留任何遐想空間。

即便在他的生命中我是非常特別的存在，但在他的感情裡頭，我跟其他女孩並沒有什麼兩樣。

明明已經做好了準備，心臟卻還是像被刺進一根針一樣。

超出我能預期的痛。

「既然不喜歡，就不要為我做那麼多，就算是青梅竹馬，也有區域劃分的問題。」

「我只是回去拿傘。」

「阿靖你知道我在說什麼。」

「先回去再說。」

「想說的話就要一鼓作氣才能說完。」嗯，確實是如此，我的勇氣大概也只有這點程度而已，「如果我說，我喜歡阿靖，你會怎麼辦？」

「不會怎麼辦。」

「阿靖覺得一邊說著不喜歡，一邊維持著平常的相處模式，喜歡就會自然消滅嗎？這是不可能的事喔，喜歡這種感情，一旦萌生，就會像雜草一樣瘋狂地蔓延，根本不需要額外的灌溉，甚至拚命拔除也消滅不了。」

我認真地凝望著他幽深的眼眸，指甲默默嵌進掌心的柔軟。

「如果，如果我喜歡上阿靖的話，想要消除喜歡，就必須將我和阿靖的距離拉到無法碰觸彼此的長度，我不希望這種狀況發生，所以，唯一的方法就是避免我喜歡上阿靖。」

我說。

緩慢地。

「所以，阿靖你要在我面前劃出一道界線。」

而不是一再退後，讓我肆無忌憚地侵佔屬於你、而其實並不屬於我的領域。

隔了很久很久，阿靖才緩慢地點了頭。

我接過他遞來的傘，握把留有屬於阿靖的溫度，我斂下眼，先一步踩進雨中，豆大的雨滴狂暴地撲打著傘面，讓我幾乎承受不住傘的重量。

——唯一的方法就是避免我喜歡上阿靖。

忍耐著眼中的濕潤，我反覆地告訴自己「妳做得很好」，阿靖沒有看穿，妳做得很好。

我編織而出的謊言沒有一次瞞過阿靖，我沒有把握他究竟察覺了多少，然而無論如何，這個謊都必須進行到底。

「我不喜歡阿靖。」

那麼我才能替自己在阿靖身邊找到站立的位置。

也是從那天開始，每天睡前我再也沒接過阿靖打來說晚安的電話。

□

我寫錯第三個字。

塗上立可帶時不小心將正確的字遮去一半，結果只能一併覆蓋，再將字詞謄寫一次。

明明只想糾正錯誤，卻連周邊的事物也得跟著牽動。

對於這種情況我總感到相當無奈，並非可惜額外花費的力氣，而是替足以被稱上無辜的部分覺得難過。

我在圖書館讀書的時候特別容易多愁善感。

另一類人，例如小宛，在圖書館讀書時則是特別容易熱衷於讀書以外的事。

她放下手中的戳針，滿意地端詳著成品，伸了個大大的懶腰之後對上我的視線，我清楚接受到她眼底的訊息，默默開始整理起桌面的書本以及文具。

午餐時間到了。

「在圖書館裡果然特別容易專心。」

「某種程度上也算是啦。」

踏出圖書館時我和小宛同時間噗哧地笑了出來。

日光熱熱暖暖的，讓人有些微的恍惚。

眼前的光景像覆蓋一層薄霧，映現出讓我不那麼確定的畫面，於是我緩慢側過頭，朝光的另一邊望去。

我試著辨識不遠處那道身影以及，另一道身影。

右側的廊道邊，女孩站在阿靖面前，仰起頭的角度恰好展現她光潔美好的頸項線條，我看不清她的表情，卻能清晰感受到有別以往的氣氛。我不禁蹙起眉，才想起已經很長一段時間沒有目擊如此的場面，但我想，無論我是否目擊，都無法左右必然的發生。

「妳在看什麼？」隨著我頓住腳步，小宛同樣轉頭，「啊、是妳的青梅竹馬，旁邊那個是我學妹耶，跟妳提過的那個高中學妹。」

「走吧。」

「妳不在意嗎？告白的場面就算是陌生人也讓人想偷看吧，何況還是熟人。」

「正因為是熟人，更不應該偷看。」

「是這樣沒錯啦。」小宛不情願地收回目光，「不過我學妹比我想像的還要積極耶，明明前幾天才拜託我替她搭線而已，而且妳的青梅竹馬有修的課她好像有空檔就會去旁聽耶，簡直是無所不用其極想製造相處的機會。妳的青梅竹馬就這麼有吸引力嗎？」

「我沒辦法給妳答案。」

「也是，一旦人靠得太近，客觀就不存在了。」

確實如此。

從很久以前我就不再能客觀地判斷關於阿靖的每一件事，無論在他人眼中多麼細瑣微小的細節，一旦牽扯到阿靖，優先順序便會被拉到最前端。

「走吧。」

我又說了一次。

不是告訴小宛而是提醒自己。

然而我的雙腳卻顯得極為沉重，每個跨步都非常耗力，我盡可能讓自己專注在小宛的嗓音之上，但她的字裡行間卻來回交錯著阿靖與小宛的學妹。

「小宛。」

「怎麼了？」

「午餐要吃什麼？」

「還以為妳要說什麼，表情超級認真的。」小宛又回頭張望了一次，「不過妳也太淡然了吧，比起午餐，應該會更好奇剛剛的事吧。」

因為太想知道所以不想知道。

如此矛盾至極的心情，我沒辦法向哪個人說明，只能輕輕搖頭，試著搜尋恰當的言語。

「阿靖想讓我知道的事就會讓我知道。」

「是這樣沒錯啦……」小宛癟了癟嘴，「可是啊，人總會有矯情的時候嘛，非得要別人追問才肯說出來啊，要是一邊不問，另一邊也不說，八成會僵持到天荒地老吧。要是我就會主動開口，如果對方不願意說，那就算了，至少以後不會有那種『原來你在等我問』或是『原來你在等我說』的後悔吧。」

「妳電影看太多了。」

「話不能這麼說，真實生活比虛構的故事更奇幻，而且——」

「夠了。」

我抬手打住小宛的「勸說」，搬出一堆似是而非的道理，包裹在核心的目的就只有一個——八卦的本能。

對上我的視線，小宛乾笑了兩聲。

「好吧，改天我想辦法去問我學妹……」

「我最佩服妳的就是妳的不屈不撓，雖然妳只會用在這種地方，算了，妳——」

我的聲音戛然斷卻，在沉默的延續之中時間依舊沒有止步，一抹太過熟悉的輪廓隨著分秒越來越清晰。

阿靖。

他筆直地朝我走來。

逆著光，一步一步地踏進，我懸晃著的情緒悄悄落地。

對於方才的光景我一點也不好奇，盤踞在我胸口的，是忐忑。

關乎於阿靖的一切，無論我從事多少預備，進行多少次深呼吸，都無法妥切地控制內心的動盪與起伏。

阿靖在我生命中佔據的份量遠比我想像的更重。

即使察覺這一點我依然任由天平傾斜。

阿靖在我面前停下。

我抬手將塞在右耳後的頭髮撥散。

一個人的生命裡，隨著時間，總會有一部分的人變得更重，而另一部分的人變得更輕，某種程度意味著我們個人的生活軌跡，縱使努力能改變一些比例，但其實我們並不真的能抵擋住內心的傾斜。

我曾經是這麼想的。

自然而然就好。

以最自然的狀態，才能遇見最能映現內心情感的人。

然而某一瞬間，真的是非常突然的瞬間，當我一如既往地注視著阿靖美好的側臉，當他一如既往地站在前方等我跟上，我突然感受到有某些什麼砰地一聲陷落進我的心臟，並且以無法阻攔的姿態持續地、持續地朝深處墜落。

我預備著落地的撞擊，卻遲遲聽不見聲音。

用了很長一段時間進行思索，我非常後知後覺地明白，原來這種陷落被稱之為喜歡。

當我終於理解，卻已經無法彌補心底的深陷。

天平咚的一聲碰到了地面。

無論另一端擺進什麼內容物，都無法讓阿靖稍微離開地面。

我看著阿靖。

彷彿不久之前曾目睹的畫面從未在我眼前映現。

「午餐要吃什麼？」

「妳早上說過想吃咖哩飯。」

「但想吃咖哩飯的心情已經被微積分吞噬光了。」

「反正妳也只能從學生餐廳裡選。」

「阿靖你啊，總是能十分有效的消滅別人的期待呢。」

阿靖沒有搭理我的意思，我朝他扮了個鬼臉，收到的效果只有小宛的竊笑。

跟著阿靖頎長身影，有一搭沒一搭地踩著他的影子，小宛湊近我的左耳畔，低聲說了些什麼，我一個字也沒聽清楚。

「換位置吧，我比較喜歡站左邊。」

「站哪一邊有差別嗎？」

小宛不解地反問，卻依然移動到我的右側，我想也許是錯覺，阿靖的步伐似乎多了一些凝滯感。

我不想對阿靖的心思多做揣測，但我還是刻意放大了音量。

「當然有差別，換位置之後就不會曬到太陽了，我一點也不想曬黑。」

「躲在妳的青梅竹馬的影子底下不是更乾脆嗎？」小宛低聲抱怨，但旋即轉開思緒，「不過，我真的好想知道剛剛我學妹到底跟妳的青梅竹馬說了什麼喔……」

「妳可以問啊，他就在妳的前方五十公分處。」

「我才不敢。」

「嗯，我也不敢。」

「青梅竹馬能當到妳這種程度，我也是滿佩服的。」

「我也很佩服我自己。」我認真地點頭，「我已經說過幾百遍了，那傢伙的青梅竹馬可不是好扛的頭銜，我的心臟每一秒鐘都承受著比普通人更大的撞擊，砰砰砰地，我真的很害怕哪天會啪一聲地昏倒。」

「原來妳也有這麼浮誇的一面。」

瞇起眼我抿起笑，無法說服我向阿靖打探的小宛終於放棄，改聊起附近巷子新開的咖啡店。

我的目光不期然又滑至始終和我們維持著五十公分距離的修長背影。

是真的呢。

我的心臟每一秒鐘都承受著比普通人更大的撞擊。

察覺了喜歡以後，彷彿整個世界都染上了曖昧的水霧，每一秒鐘都不得不對抗著自己想縮短距離的貪心，當阿靖離我那樣近，一如往常的那樣近，我只能繃緊神經逼迫自己絕對不能妄自闖進他的感情線內。

除此之外別無他法。

直到那時我才明白，拚命忍耐也是喜歡的一種表現法。

綁著馬尾的女孩站在我的面前。

我坐在系館外的階梯上讀著《跑吧！美樂斯》，讀到中途我感覺有人靠近。

因為是階梯，我想著大概是哪個路過的人並沒有太過在意，我頭也沒抬地繼續往下讀，直到我準備翻頁，眼角餘光才瞄到對方的紅色帆布鞋。

這時終於確定「這個人大概是專程來找我的」。

系館在我心中一直是很微妙的存在，我百分之八十的課都不在這裡，但因為有能夠作為休息處的教室，我時常在這裡等待阿靖，至少每個星期三的下午，我都會晃進系館，所以眼前的女孩掌握我的特定行蹤並不是件難事。

然而正因為如此，才讓人更加不想跟她有任何一點瓜葛糾纏。

女孩沒有說話，有些猶豫地望著我，大概是希望我能先拋出疑問，但我沒有打算先打破沉默。

所謂的關係從來就不存在著對等的狀況，特別是對於陌生人，我不認為需要給出多少寬容。

尤其是這種期望對方先伸手承接自己請求的人。

我再度低下頭，將書翻往下一頁。

「學姊……」

我的手緩慢頓住。

隔了幾秒鐘後我才又將視線移向她。

「我是小宛學姊的高中學妹，小宛學姊應該提過我吧？」

我討厭這種表達法。

也不喜歡她說話的口吻。

將篤定的意涵包裹進遲疑的語調，明明我跟她一點關係也沒有，她卻毫不在意的以我與小宛的交情作為條件，一旦我駁斥她，彷彿也意味著我駁斥了小宛。

處不來的人第一直覺就能知道。

「有什麼事嗎？」

「我、我是真的很喜歡阿靖學長。」

風輕輕地撫過我的臉頰。

我聽見頭髮飄蕩摩擦的沙沙聲響。

女孩說，她真的很喜歡阿靖。

理直氣壯地對我說出這一句話。

「這句話應該去對他說吧。」

「我知道對學姊說這些話很突然，但是，我真的很喜歡阿靖學長，所以能不能、能不能請學姊幫忙……」

——我是真的很喜歡阿靖學長。

我闔起手上的書，馬尾女孩擋去了大半陽光，我想站起身但因為她站在面前而沒有辦法隨心所欲。

想起小宛，我朝她揚起了淺淺的微笑。

也像是種練習。

「小宛應該告訴過妳吧，我不是不幫妳，而是沒辦法，我實在不想激怒阿靖。」

「但是……」

她甜膩的嗓音忽然飄散在半空中，順著她的視線我回過頭，恰巧看見阿靖走來的身影。

女孩的表情非常雀躍。

這時我才明白，說不定她打從一開始便沒有非得要我幫忙不可的意思，更重要的其實是營造她和我正在交談的事實。

無論我同不同意替這個女孩搭橋，她都已經將我當成橋踩了過去。

阿靖在我右後方停下。

我必須採取不舒服的扭曲姿勢才能看見阿靖的臉，於是我果斷轉直身體，卻只能看見她毫無遮掩的漂亮雙眼。

「學長……我剛好在跟學姊說話，沒想到會遇到你……」

我鬆開塞在右耳後的頭髮，一點也不想聽見他們兩個人的對話。

不能興起破壞的念頭。

捏著書我反覆告誡自己，重點不在於我喜不喜歡，而是阿靖喜不喜歡。

我必須掌握好位置，安分地待在界線外，但凡屬於阿靖感情的範圍都不是我能伸手碰觸的。

阿靖不喜歡我。

我也必須不喜歡阿靖。

至於其他的，我沒有餘力也沒有資格去考慮。

「林靜蕾。」

「什麼？」我花了一段時間才確定是阿靖在喊我，抬起頭才發現馬尾女孩不知什麼時候離開了，「那個女生呢？」

「走了。」

「有回答跟沒回答一樣。」

「不走嗎？」

阿靖將手伸到我的面前。

我有一股想落淚的衝動，身體的每一個細胞都催促著我握住他有力且富有溫度的掌心，但我最後卻把手抵在粗糙的階梯表面，獨自施力讓自己站起身來。

我想，從這些小地方開始跟阿靖拉開距離，總有一天我和他之間便能維持適當的長度吧。

或許某天，我和他之間再也不會有星期三下午在系館會合的默契，但他收回手的動作，讓我的胸口不期然泛開一抹悶痛。

真是矯情。

我暗自訓誡著自己。

做人要堅強，要謹守本分，斷不能貪戀不屬於自己的一切，尤其是感情。

具體的東西可以還回去，但無形的感情就算想歸還也不知道能從哪邊開始著手。

「本來以為在你來之前我能讀完的。」我稍微抬高手裡的書，「但還剩三分之一左右，我想把書讀完之後再回去，你先回去吧。」

阿靖看了我一眼，彷彿是為了確認方才那段話的真實性。

可見在他心底我的可信度確實相當低，這真是個令人哀傷的事實。

間隔了好幾個呼吸之後，他才低聲哼了聲。

「到家打電話給我。」

這種叮囑理論上也是女朋友限定的。

雖然想這麼反駁，但我還是乖順地應了聲「好」。

等到我的聲音完全落地，被塵土徹底吸收之後，阿靖才收回視線，維持著他長久以來從不告別的習慣，俐落地轉身。

踏遠。

□

有所行動才能有所改變。

當阿靖的背影徹底跨出我的視野時，我頹喪地吐了口長長的氣。

我不止一次體認到自己的自私與僥倖。

我的內心一邊上演著苦情女主角的糾結，反覆告誡自己必須退讓、必須設法消滅不該存在的貪戀，但一舉一動卻完全是討人厭女配角的行為。

像隻無害的小白兔，實際上我的每一個呼吸起伏都謀劃著破壞男主角薔薇色的戀情。

不說別的，光就方才我放開右耳後的頭髮，外人或許無法察覺我的意圖，但阿靖不可能接受不到我那強烈的抗拒。

遑論我低頭表現出「你們慢慢聊，我絕對不會出聲打擾」的態度，簡單粗暴到一種幼稚的境界。

我的每一個動作都在破壞阿靖追尋戀愛的可能。

「非得下定決心不可啊……」

「可是我不想……」

「但這也不是我想不想的問題……」

我長長地吁了口氣。

但也正因為那個女孩的蠻橫舉止，猛烈地擊中我一直試圖迴避的現實。

如她一般無所不用其極的趨近愛情，我也應該想盡方法拔除對阿靖的偏差感情。

偏差。

會讓生活脫軌的都稱之為偏差。

「十年之後回想起來，我一定會對這段從開始就註定無念的初戀致上深深的哀憐……我真是個可憐的孩子啊……」

「小靜？」

正當我沉浸於自我憐憫的氣氛時，一道質量與四周空氣截然不同的嗓音竄了進來。

我抬起頭，恰巧迎上對方清爽得有些奇幻的燦爛笑容。

「本來以為是我看錯，沒想到真的是妳。」

「真巧。」

「確實很巧，我很少來校本部，這學期第一次來就碰見妳。」

「能在這麼偏僻的地方碰見，也滿不容易的……」

我的視線在周圍繞了一圈，系館的位置簡直能以林蔭深處來形容，能在這裡偶遇一個「這學期第一次來校本部」的人，機率真不是普通的大。不自覺捏緊了手中的書，我的臉頰慢慢爬上尷尬的僵硬表情，不是試圖快速結束話題的作態，單純是我從小就不懂如何與過於爽朗的異性相處。

想必是受到阿靖的毒害。

「腳踝都好了嗎？」

「嗯。」我認真點頭，「真的很謝謝你。」

「我也沒做什麼，不過妳哥哥真的很疼妳呢，一般哥哥很少會像那樣一把將妹妹抱起來，我回去還檢討了一下我是不是對自己的妹妹不夠好。」

「他只是不喜歡麻煩，扛著我回家對他來說比較省事，因為我跌倒受傷的次數比一般人稍微多了一點點。」我乾笑了兩聲，「所以你真的沒必要檢討，依照你對陌生人的善良程度來推斷，你對你妹妹的好也應該會勝過世間大多數的哥哥。」

尷尬起來就會拚命找話說，結果說完話反而更加尷尬。

正常人才不會這麼認真地回應對方的客套話。

深深的無力感瘋狂在我體內蔓延。

我好想指著天空大喊「有外星人」接著拔腿就跑，但我畢竟是個普通的女孩，更何況假使我真得拔腿狂奔，十有八九的結果會是中途跌倒，屆時他絕對會跑來「幫助」我，於是我便只能更深地陷入尷尬的黑洞裡頭。

比起最壞的結果，眼前的微小尷尬就不那麼難捱了。

他突然冒出笑，帶著一抹清晰的愉悅。

「妳真的讓人印象很深刻。」

「這句話聽起來不像是稱讚。」

「是稱讚，絕對是。」他堅定地望向我，笑意仍瀰漫在他的眼底，「我們的生活裡能遇見的人實在太多了，這些人裡頭，扣除那些經由反覆相處、熟悉才牢牢記住的人，其實沒有幾個人打從一開始就能讓人印象深刻，雖然以私心來說，希望往後也還能遇見妳，但就算從今往後我再也沒機會能和妳見面，我也還是能篤定，即使過了十年二十年，我依然能夠記起妳。」

我能清楚接收到他的誠懇。

也因此，這段話——

實在讓人尷尬到全身發麻。

「很尷尬嗎？」

「嗯。」我不加思索地點頭。

「我也這麼覺得。」

愣了一瞬，我和他對看一眼之後都忽然笑了起來。

他說：「不過剛剛那段話是認真的。」

「拜託不要再繼續了。」

他爽朗地大笑，尷尬到了極致後精神反而得以鬆懈，我抬手替發熱的臉頰搧風，不過我想，坦承尷尬大概是破除尷尬魔咒的最有效方法了。

但我旋即意識到其實魔咒還留有餘韻。

「那個……還有件有點尷尬的事……」

「怎麼了？」

「我忘記你的名字了……」

「陳威倫。」他清晰地唸出名字，並且再次擺出懇切的態度，「謝謝妳願意問我的名字。」

「拜託不要這樣！我的手腳都在發麻——」

「我也是。」他帶著笑輕輕晃著頭，「所以我從來沒懂過，我妹妹到底為什麼會被偶像劇男主角的告白感動，不過——」

「不過什麼？」

「這樣，我多少也能讓妳留下一點印象了吧。」

「不只一點。」我舉起手，將雙手掌心拉開一段長長的距離，「至少有這麼多，雖然百分之九十是尷尬。」

「就算是這樣，能在妳的心中留下鮮明的印象，我已經非常滿足了。」

「夠了！」

「我也覺得差不多了。」他認同地點了兩下頭，但正經表情維持不到幾秒又逸出笑，「雖然想繼續聊下去，但我下午還有討論課，希望下次見面，我們能稍微不尷尬一點。」

下次。

我輕輕點頭，稱不上應允，也說不上拒絕。

曖昧模糊總是記憶中最美好的風景，況且我和他也不過是一場偶遇。

於是他說了再見，我卻只是揮手。

□

結果我還是沒能讀完《跑吧！美樂斯》。

大抵所有過於動態的事物或者意象都無法與我和平共存，儘管我很早便理解這一點，卻仍舊時不時嘗試找尋一種新的平衡；以比喻來說，就好像明明已經從平衡木上跌落了一千次，不知為何仍然放棄不了「說不定我能從頭走到底」的念頭。

當然我還困在反覆跌落的迴圈裡面。

我和阿靖的關係大概也是一樣。

例如說，我確認過幾十次阿靖並不喜歡我，也告誡過自己上千次不能喜歡阿靖，但這一切糾結掙扎時常浮於我的理智表面，我的感性以及我的軀體則採取著截然不同的行動。

更直白一點，我的理智促使我後退，但我的感性卻又冒出「不爭取看看怎麼能定論」。

我的腦內小宇宙根本還處於大霹靂時期。

「回家吧。」

捏著右邊臉頰，試圖以疼痛讓自己稍微清醒一點，但視線仍不由自主地望向二樓的那扇窗。

那是阿靖的房間。

十分鐘前我回到家，正打算乖乖打電話向阿靖報備，在幾乎要按下撥出鍵之際我的思考迴路卻突然斷裂。

首先我想起阿靖的臉龐，但下一瞬卻被馬尾女孩甜膩笑容啪地蓋過，接下來便是一波又一波令人無法抵擋的巨浪，各種「馬尾女孩勾著阿靖的手」、「馬尾女孩依偎著阿靖」的畫面鋪天蓋地而來，我揪著心臟拚命忍耐，然而下一波的浪潮實在太過洶湧——

「阿靖彎下腰將馬尾女孩公主抱」——

我甚至拿不穩手機，直到聽見手機摔落的響音，我才稍微找回思緒。

然而丟失的精神量實在太大，當我再一次回過神來，才發現竟然已經站在阿靖家門前，手也已經搭上門把。

真慶幸阿靖有即使在家也會仔細鎖門的好習慣。

「嗯，回家。」

我又對自己說了一次。

轉身緩慢踱步回家，我一邊傳送「我到家了」的訊息給阿靖，一邊踢著無辜的小碎石，夕陽披灑著濃重的橘紅色，我不由自主地伸出手，凝望著那彷彿被我承接於掌心的色彩，像是真的，又像是假的。

微微抬起頭，我看見那個人踏著遍地的紅一路朝我而來。

是真的，卻也是假的。

從那端走向這端的那個人，並非因我而來，短暫停駐在我跟前，也不過只是一份稱不上恰好的湊巧。

「阿靖。」

「嗯。」

我往前走了幾步，幾乎是踉蹌地撲進他的懷裡，雙手扯著他的衣襬，我不要你成為別人的，這句禁忌的咒語只能被無聲地吞嚥，我悶著頭，嗅聞著屬於他的淡淡沐浴乳香味，他既沒有擁抱我，也沒有推開我。

一如往常地縱容著我的趨近，也一如往常地沒有接受我的趨近。

「我的腳好痛。」

他沒有說話，只是彎下身將我抱起，旋轉了一百八十度，背離他起先想前往的方向，帶著我回家。

再自私一點。

只要再自私一點。

就能霸佔住阿靖不把他讓給任何人了。

反正，即便我說了一萬個謊，阿靖也從來不會拆穿。

可是我，不想拿謊言困住阿靖。

「我的腳沒事。」把頭埋在他的胸口，我悶悶地說，「但心情不好，很不好，比發現養的兔子被獅子一口吞掉還不好。」

「妳沒有養過兔子。」

「但我的鬥魚被烏龜吃掉過，概念是一樣的。」

「不一樣。」阿靖說話的時候，胸口會傳來清晰地震動，「妳也沒養過鬥魚，是妳說要讓妳的烏龜跟我的鬥魚好好相處，硬把烏龜放進我的水族箱。」

「我們的記憶好像有點出入，但你這樣一說，我的心情就更不好了。」

「算了，就當作是我養的烏龜吃掉妳的鬥魚吧。」

「既然如此，阿靖你總要付出相應的代價。」

「妳想要什麼代價？」

從這一秒鐘開始再也不要跟馬尾女孩說話。

再也不要多看馬尾女孩一眼。

最好連其他女孩子都離得遠遠地，她們靠近一步你就退後三步。

這些話我怎麼可能說得出來。

「等我想到再說。」

「嗯。」

「阿靖。」我把語氣放得極緩極慢，「如果哪天你遇見喜歡的人了，你會不會告訴我？」

「不知道。」

「說的也是。」

畢竟阿靖的原則就是不隨便做出不確定能不能得到的承諾。

況且，我也不清楚，假使到了那一天，我到底是想知道，還是不想知道。

迂迴。矯情。作態。又不乾不脆。

我討厭的所有性格表現現在居然一口氣集中在我自己身上。

「我現在有點討厭我自己，比番茄還討厭。」

「是嘛。」阿靖淡淡的應聲，「但是我不討厭番茄。」

我不禁愣住。

拉開身體望向阿靖的表情卻什麼痕跡也抓握不到。

「我送妳回家。」

我輕輕點頭，拖曳著無比緩慢的步伐，踩踏著即將消散的暮色，每往前一步，就更往夜色走入。

很久以後我才明白，有些路，一旦踏上了便註定沒有歸途。

04

大多時候我並不怎麼喜歡「巧合」這兩個字。

我總感覺被冠上「巧合」或者「偶然」的狀況，藏匿著太過無法理清的脈絡，既不能做好預備，也無法視而不見，就這麼破空一般強行到來。

例如馬尾女孩。

我抿著玻璃杯裡的柳橙汁，甜膩又泛著酸，即使別開眼也躲不開圓桌的右前方那張笑靨如花的臉龐。

據說，她是阿靖媽媽最近參加的瑜伽班中同學的女兒。

又十分湊巧地，在我和阿靖還有阿靖媽媽在餐廳吃晚餐時，遇見了馬尾女孩和她媽媽，接著熱絡的兩家人便自然地併桌，期間還不斷穿插著各種「沒想到會遇見阿靖學長」的嬌羞驚呼。

差一點我就潑出一盆「妳跟阿靖不同系，阿靖根本不是妳學長」的冷水，但我很好地忍耐住了。

雖然主因是想到對方可能會趁機爭取更親暱的稱呼。

「沒想到還有這種緣分，我們家岳芬居然跟妳兒子女兒同校還認識。」

「是啊，不管世界再大，能兜在一起的人就能兜在一起。」

每當有人把我認成阿靖家的小孩，或是把阿靖當作我家的小孩，雙方家長從來不曾否認。

我很清楚這是他們疼愛我和阿靖的表現，但察覺對阿靖的喜歡之後，不知為何我的心中總瀰漫著隱約的抗拒。

「原來學長跟學姊是兄妹嗎？」

「不是。」

看見馬尾女孩欣喜的表情，我連一秒的猶豫都沒有便乾脆回答。

察覺自己的態度似乎太過斷然，避免傷了阿靖媽媽的心，我旋即揚起甜膩到我都鄙視自己的笑容，將話「解釋」得更加完整。

「不管怎麼看，我都比較像姊姊吧。」

阿靖媽媽噗哧笑了出來。

「如果阿靖沒有提早出生，小靜就會是姊姊了。」

接著果不其然被馬尾女孩導向「釐清我和阿靖關係」的話題，而話題的中心則是事不關己地吃著晚餐。

我不悅地偷瞪了阿靖一眼，他似有所覺地側過頭，下一秒卻蹙起眉，「不要光喝飲料。」

「沒、食、慾。」

「吃完買布丁給妳吃。」

「你從我五歲開始就只有這一招，就不能有長進一點嗎？」

「妳從五歲開始最喜歡的點心就都只有布丁。」

「所以是我喜好匱乏囉？」

「一直喜歡同一項東西沒有不好。」

我的無理取鬧被乾脆截斷。

不管我拋出多刁鑽的話語或藉口，沒有一次不敗在阿靖的坦率直接上頭。

贏不了他只好轉移目標，我捧起碗，洩憤一般地將食物送進嘴裡，大力咀嚼，但這也是一種浪費力氣，阿靖根本不在乎青菜和肉的犧牲。

「說好的布丁不准耍賴。」

阿靖低聲笑了。

「不准笑！」

「學姊跟學長的感情真的很好呢。」

甜美的嗓音硬生生竄進我和阿靖之間，我將視線移往馬尾女孩，偏著頭給了她一個既不承認也未否認的微笑，卻不將話往下接。

然而出乎我的意料，阿靖竟回了話。

我斂著眼，唇角還掛著淺笑，握住筷子的手卻不自覺攢緊。

「還好。」

還好。

重點並不是阿靖回答了什麼，而是阿靖回了話。

但我只是停頓了幾秒鐘，接著便若無其事地繼續吃起飯。

聽著阿靖時不時簡短地應答，我突然好希望自己的右耳也聽不見；然而我所能做的就只有繼續將菜塞進嘴裡，壓抑住自己想鬆落右耳後的頭髮的衝動。

我不能再放縱自己阻礙阿靖的自由意志。

吞嚥下口中的食物，將剩下的半杯柳橙汁一口氣喝光，很好，馬尾女孩絕對是上天特地派來磨練我心智的存在，忍耐，無論如何都要忍耐，反正遲早都會有這麼一天，越早捻斷我的心思對阿靖越好。

熱絡的氣氛從晚餐開始延續到結束，我有些心不在焉地跟著阿靖動作，他起身，我跟著起身，他走出店家，我也跟著走出店家，他聽話跟馬尾女孩媽媽說再見，我也跟著乖巧地說再見，最後他轉身，我一樣跟著轉身。

然而才走了幾步，背後就響起馬尾女孩清脆的嗓音。

「學長！」

阿靖媽媽似乎看出了什麼，曖昧地掩著嘴笑了下，甩了甩手自顧自地往前走，留下我和阿靖面對馬尾女孩。

馬尾女孩的攻勢一次比一次直接乾脆。

「我可以跟學長交換聯絡方式嗎？」

什麼？

在我進行深層自我對話的過程中，馬尾女孩的攻勢已經跨越「學長捆帶學妹」，直截了當亮出目標了嗎？

我錯過了什麼？

一個接著一個問號砸往我的腦袋，我忍不住側過頭望向阿靖，卻只看見他好看的側臉。

阿靖忽然轉了過來。

對上我的眼。

「看什麼？」

我僵硬地搖頭。

「妳吃了兩碗飯還吃得下布丁嗎？」

我又僵硬地點頭。

「學長……？」

阿靖慢慢將視線移往馬尾女孩，淡淡地搖頭。

簡單。粗暴。

我突然覺得馬尾女孩似乎也不是那麼不順眼了，還有那麼一點……同病相憐的感覺……

馬尾女孩乾乾地笑了聲。

「那、我把我的聯絡方式給學長吧？」

阿靖又搖頭。

「這樣啊，真可惜……也是，我跟學長只見過幾次面，以後多見幾次面，自然而然就會變熟了……呵呵……學長不管什麼時候想跟我要聯絡方式我都會給的……後天的課我一樣會去旁聽的……」

這孩子心理素質真是強大！

不知為何，她的眉眼，她的一舉一動都突然顯得有些可愛。

「那我先回去了，學長，還有學姊，再見。」

「再見……」我的聲音還沒完全落地，馬尾女孩便已旋身跑向遠方。「她其實……滿可愛的……」

「是嘛。」

「不然阿靖喜歡哪種類型的女孩子？」

阿靖果斷忽視我的問句。

我作態地點了兩下頭，透露出一種由衷的理解與支持。

「如果你的取向是男孩子的話我也是會全力支持的，不過如果是橄欖球員路線的話，我可能需要花上一點時間來消化……」

他冷冷瞄了我一眼。

好吧。

不想討論就先不要討論吧。

然而再度出乎我的意料，阿靖清冷的聲音落了下來。

「那妳喜歡哪一種男的？」

「你說什麼？」

驚恐地瞪向聲音的來源，來回確認三次後我才肯定身旁的人確實是阿靖。

稍微鎮定後我察覺自己的指尖透著細微的顫抖。

任何一種男孩我都不喜歡。

我只喜歡阿靖你。

聳了聳肩，我強迫自己擺出毫不在意的模樣，卻垂下雙眼，掩去眸中流瀲晃漾的感情。

然後說：

「反正一定不是阿靖這種類型。」

□

靠在圖書館角落的牆邊，我有一搭沒一搭地踢著厚重的地毯，聽見的卻是裙襬與沙發摩擦的沙沙聲，在靜謐的場域裡頭顯得格外喧囂。

尤其是，連大多數學生都不會靠近的資料櫃深處，更是靜得彷彿被切割開來的世界。

我非常喜歡在這裡消磨時間，特別是心煩意亂的時刻。

彷彿能藉由瀰漫在周圍略顯凝滯的空氣，以獨有的重量感將我的浮動躁亂的思緒一點一滴往下拉，慢慢地落地安置。

然而總是有意外的時候。

半掀著眼皮我一動也不動地望著眼前逐步走近的身影，儘管聽不見聲響，我依然能想像他的每一個頓步所發出的響音，滲進厚重的地毯最深處，同時也將他的足跡牢牢鎖進這座圖書館的影子裡頭。

他脫下外套，帶有體溫的柔軟布料覆蓋上我的身體，接著是右側明顯的陷落。

「不用上課嗎？」

「不打算去。」

「是嘛。」我進行細微的移動，輕輕將腦袋擱在他的手臂上，「真難得你會蹺課。」

「早上我碰到那個男的。」

「哪個男的？」

「從醫院送你回家的那一個。」

「陳威倫？」我有些納悶地反問，「然後呢？」

「他跟我打招呼，要我把他的聯絡方式拿給妳，他說上次忘記跟妳要。」

阿靖遞給我一張記事本撕下的紙，上面以端正字跡寫著名字和聯絡方式，以及一句「我一直很期待那天說的『下次見』」。

雖然我想自己應該不會聯絡他，但仔細看完後我依舊將紙條收進背包夾層，卻想起他曾經說過，他很少到校本部。

「阿靖在哪裡遇到他的？」

「路上。」他的回答間隔很久，「上次他送妳回去的那附近。」

坐起身我有些詫異地望向他。

思緒轉了一圈，不必太過費力思索就能明白對方的刻意。

於是我開始覺得方才那張紙條有些燙手。

「我也是滿有人氣的嘛。」但我還是用無所謂的語調開著玩笑，「說不定他對我是一見鍾情呢。」

阿靖沒有接話，而是從背包抽起書，安靜地讀了起來。

指腹摩擦書頁的細微聲響滲進我的心底，挑動著我的每一根神經，讓我既緊繃又安心。

「我一直在想，所謂的喜歡究竟是怎麼一回事。」

垂下眼，視線落在裙面上的民族風圖樣，即使染上低調不張揚的暗黃色，依然能使人目眩。

或許讓人陷入不可自拔的理由，從來就不是表面上的華麗絢爛，而是更加本質也更加扣住人心的一筆一畫。

「小宛說，無論什麼狀況，最重要的就是將自己的心意傳達給對方，即使明白期望會落空，至少要奮力爭取過，才不會留下遺憾；但是啊，我總感覺小宛世界中的愛情，實在太幸運了，譬如說吧，要是喜歡上朋友的男朋友，就一點也不適用『一定要傳達給對方』的理論吧……可是啊，我一次也沒有這麼對小宛說，大概我內心深處也是認同的吧，一旦喜歡上某個人，果然還是希望對方能知道自己的感情，即使是留下一點痕跡也好……

「但是我又想，這種喜歡說不定代表著喜歡自己還是比喜歡對方更多，阿靖比誰都清楚吧，即使是一條細微的痕跡，對承受感情的那一方，也依舊是一份重量……只是啊，像這樣不斷想找出答案，結果卻越來越混淆複雜了，既同意正方，也同意反方，我想，說不定思考一百年也得不出最好的做法吧。」

「妳有喜歡的人了嗎？」

「這不像阿靖會問的問題。」

「林靜蕾。」

「嗯？」

「不管妳喜歡上誰，反正妳先考慮自己就好。」

我忽然笑了。

側過頭迎上阿靖的雙眼。

「嗯，如果能這樣就好了呢。」

□

捧著書我走進學校附近的速食店，濃烈的油炸味撲面而來，我忍耐地關起門，挑了人數不上不下的隊伍排到了後頭。

為了減少跟阿靖同進同出的次數，我總會找尋各種藉口錯開彼此的行程，並且挑選阿靖最不可能出沒的地點念書或消磨時間；地點的選擇取決於我有多不想碰見阿靖，比如說今天，在我忍不住和阿靖分享「戀愛困惑」後，我百分之一百不想面對他。

所以才來速食店。

卻沒想到在我端著飲料走上二樓時，會碰見另一個其實我也不怎麼想見到的人。

馬尾女孩。

她一看見我便立刻揚起甜美的微笑，雙眸也變得晶亮起來，但我很清楚，點亮她的原因並非我的出現，而是她自身的期待。

「阿靖不在。」

果然。

她的表情旋即垮了下來，亮度瞬間減半。

「妳變臉的速度也太快了吧。」

「反正妳也不會幫我。」她托著下巴，無聊地咬著吸管，「如果妳願意幫我，我會立刻對妳超好，偶爾討好妳也可以。」

「真可怕。」

「那種表面上要跟妳當朋友，暗地裡其實想利用妳的人才真的可怕吧。」

「妳一開始不是也想利用小宛逼我妥協嗎？」

「我也沒辦法啊……」她的表情有些不自在，「突然要一個陌生人幫我追求學長，也太沒常識了吧。」

常識。

我忍不住翻了個白眼。

即使中間搭了一個小宛，我和她也仍舊是陌生人吧。

端著盤子我招呼也不打就便經過她，往離她最遠的角落走去；然而她不愧是心理素質強大的類型，抓著自己的背包和飲料乾脆地坐往我對面的空位，並且毫無猶豫地忽略我的白眼，旋即抽刀切入另一層核心。

「學姊妳，喜歡阿靖學長嗎？」

真尖銳。

要不是不合時宜，差點我就要露出苦笑了。

但我一向是個善於說謊與掩飾的人，輕輕扯動唇角，慢條斯理地將吸管插進飲料杯，啵的一聲，接著隨我手腕的繞動，便帶起喀啦喀啦的撞擊。

「妳想問的不是這個吧。」

「總是要拐一下彎啊，我不是剛剛才說嗎？我有常識。」我又翻了個大大的白眼，她看見我的反應後更不打算迂迴，「好吧，阿靖學長喜歡妳嗎？」

「不喜歡。」

「妳怎麼知道？」她瞇起眼狐疑地盯著我瞧，「告白被拒絕了嗎？」

我冷哼了聲。

「我看起來像是那種，告白被拒絕之後還能跟對方親密往來那種成熟的人嗎？」

馬尾女孩突然愣住。

一秒。兩秒。三秒——

她忽然噗哧笑了出來。

而我滿不在乎的喝著過冰又過甜的可樂。

「說真的，我實在不怎麼喜歡妳。」

「我知道啊。」她坦率地點頭，「因為看得出來妳不喜歡我，所以我不討厭妳，不過，妳成天在學長身邊真的很刺眼。」

「覺得我刺眼的人很多，妳一點也不特別。」

「欸。」

「怎樣？」

「要走妳這種厚臉皮路線才能待在學長身邊嗎？我覺得我應該也是可以啦，雖然我比較擅長裝可愛。」

「我不會阻止妳。」

「這種風涼的態度真讓人不爽。」她皺了皺鼻子，「果然青梅竹馬什麼的，最討人厭了。」

「我不否認。」

雖然比起前幾次碰面，我對她的牴觸不再那樣重，甚至感覺她偶爾挺可愛的，然而我並不想跟她往更熱絡的方向走去；打從一開始我的喜惡就跟她個人本質無關，純粹是她背負著「喜歡阿靖」的標籤，光這一點，就足以抵銷她所有的優點。

認真說起來，我抗拒的其實是那張標籤。

我抽出講義並且大動作地將文具擺在桌面上，宣示「我要讀書識相就不要打擾我」，但我才剛翻開，連第一個字都還沒認全，她又扔出了問號。

果然不應該期待她會考慮我的喜歡或討厭。

「欸，學姊，妳知道學長喜歡哪一種類型的女孩子嗎？」

「不知道。」

「就算妳擺出超級討厭我的樣子，我也不是會摸摸鼻子，說『不好意思我先走了』的那種人啊，不如說，想要趕我走的最快方法就是讓我得到答案，得到答案後我連一秒都不會多待。」

「果然是無恥近乎勇呢。」

「我也知道這樣會惹人厭，不管妳相不相信，平常我絕對不會這樣，可是我也沒辦法，因為我喜歡上學長了，所以比起被妳討厭，我更希望能得到他的喜歡。」

「雖然我覺得妳很煩，但我沒有敷衍妳，阿靖從來沒有跟我討論過喜不喜歡這種話題，況且，真正的喜歡跟理想型一點關係也沒有，即使對方的條件跟預期完全相反，會喜歡就是會喜歡。」

馬尾女孩怔怔地瞅著我。

然後——

翻了一個極高難度的白眼。

「學姊，現實和理想之間的落差大概就像少女漫畫跟鄉土文學的差距，如果連引起對方注意都做不到，就算我百分之百符合學長的理想型也沒用，所以，掌握理想型只是一種引起對方注意力的方法，不管是裝可愛或是化上濃妝都一樣，學姊說的那種『接受對方原本的模樣』，前提是要先有喜歡。」

找不出反駁的言詞只好低頭無視她。

真鬱悶。

「打擊到妳了嗎？」

不理她。

我才不要理她。

但她有些開心地笑了出來。

「如果學姊有戀愛問題的話，我一定會好好聽妳說的，作為交換，給我一點學長喜歡什麼跟不喜歡什麼的情報就好。」

「不需要交換，我立刻告訴妳，阿靖討厭油煙味，所以速食店是絕對不會遇上他的地點。」我瞇起眼睛，露出和善的笑容，「建議妳，馬上轉移陣地，不要把時間消磨在巧遇機率等於零的地方。」

話一說完我的笑容就僵住了。

我的遲疑引來馬尾女孩的異樣眼光，她順著我的目光轉過身，我想，這一刻映現在她眼底的光彩，或許和我相去不遠吧。

「學長……？」

阿靖沒有說話，逕自往我身旁的位置坐下。

三個人頓時構成微妙的畫面，阿靖和我靠近得只要稍微移動便會擦過彼此的手臂，然而他抬頭望見的風景卻屬於馬尾女孩。

明明想躲開阿靖卻被逮個正著，更折磨的是，他一個字都不會追問，卻比誰都清楚我選擇速食店的理由。

馬尾女孩趁隙瞪了我一眼，沒猜錯的話意思應該是「妳說謊」。

真是有苦難言。

暗自嘆了口氣，將視線固定在手邊的講義，牙一咬，伸手掏出背包中的耳機戴上，自欺欺人地抹去馬尾女孩嬌怯又直率的軟糯嗓音。

也掩去，阿靖的回應。

05

我足足吃了三個布丁。

壓抑著想吐的感覺蜷縮在床上，輕聲告訴自己，即使是從五歲以來從未改變過的最愛，超出負荷量也會讓人承受不住。

何況只是一個從十七歲才喜歡上的男孩呢？

阿靖開門走進房間時，看到的大概就是我呈現一副裝死的馬陸形態。

不敲門是我媽跟阿靖的壞習慣。

「跟你說過一百萬次了，進女孩子房間之前要先敲門，得到允許才能進來。」

「門沒鎖。」

「你這套邏輯跟看見錢擺在桌上就可以拿走一樣。」

阿靖在床沿坐下，屬於他的重量造成床鋪不均勻的陷落，並且從那陷落作為起點，掀起不大不小的晃動。

他的每個舉止對我造成的影響都像這般，既稱不上大，但也絕對無法忽視，於是在猶疑或者還在辨認之際，波動便已然停歇，無論我想追問，或者試圖深究都找不到線頭；我猜想，或許我在更早之前就萌生了對阿靖喜歡，卻由於總是處於這種不大不小的晃動之中，才會在十七歲那年終於得以確認。

所謂的喜歡。

「妳到底怎麼了？」

「布丁吃太多。」

「我不是指布丁。」

「不然呢？」

「妳最近很奇怪。」

我突然愣住，嘴巴張了卻遲遲擠不出話，最後只好緊緊闔上。

也是，阿靖怎麼可能察覺不到我的異樣。

「阿姨很擔心妳。」

「你也擔心嗎？」

阿靖似乎嘆了口氣，但我無法確定。

像是隔了一個世紀那樣久，他的聲音才沉沉啞啞地落下。

「嗯。」

他的聲音很輕，卻不像棉絮慢慢飄落，而彷彿一滴不期然滴落的雨，以極快的速度融入水面；然而聲音被吞沒了，卻更放大漣漪的存在感，我從來不知道那樣的水紋究竟會擴展到何種地步，即便肉眼再也不能得見，但我卻無比明白，平靜尚未到來。

我幾乎都要忘了，我和阿靖之間的相處一開始不是這樣的。

很小的時候他還會不耐煩地要我別纏著他，後來卻總是選擇順著我的意志，我想大概就是這個後來，讓一切都翻覆了。

不能繼續這樣下去。

「沒事啦，女孩子總會有這種時期。」

「哪一種時期？」

「沒上過生物課嗎？」

「妳的藉口從來沒有換過。」

「總要讓你聽得出來是藉口吧。」我泛開淺淺的笑，「沒辦法啊，因為我不想對你說謊，卻也不想說實話，更不想對阿靖說出『我不想說』；畢竟阿靖從來就沒辦法掌握，『我不想說』這四個字究竟什麼時候是希望你追問，什麼時候又是不希望被追問。」

更多時候是連我也不確定到底自己希不希望被追問。

「阿靖，有些事呢，我也不知道該怎麼說，也不確定該不該說，就像是發現你似乎沒有去年長得那麼好看，這是比喻，不用太在意，不過有空多穿襯衫總是不會錯的，你們系服實在沒有人能駕馭得了……你不要這麼認真看我，這是比喻，我絕對不是說你穿上系服之後有點傷害形象……總之呢，感情層面大概就是這一類的糾結，不是很重要，卻會影響心情，阿靖你能明白嗎？」

繞這麼一大圈，耗費了大量的字句，想表達的意思就只有一句：我沒事。

但如果簡潔俐落地丟出「我沒事」這三個字，阿靖八成聽不進去。

現在的我，禁不起任何的追問。

說不定我會忍不住揪著他大喊「我面臨最大的問題就是『喜歡你』」。

那就糟糕了。

「下次不要一口氣吃那麼多布丁。」

「我才不會重蹈覆轍。」

「嗯。」

一樣是簡短俐落的「嗯」，我卻聽出了濃濃的敷衍。

當然，我願意展現大度不多做追究，如此一來阿靖也就不會追究我過往的重蹈覆轍。

簡單來說，我就是那種不斷強調「我不會重蹈覆轍」卻一再重蹈覆轍的人。

並不是學不乖或者缺乏記性，而是我總會萌生莫名的自信，認為「這一次我一定會成功」，然而結果總是事與願違。

「阿靖……」我調整了馬陸形態，半撐起身體望向他，「我最近，真的很奇怪嗎？」

他毫無遲疑地點頭。

真打擊信心。

還以為我掩飾得挺好呢。

我癟了癟嘴，再度躺回床上重新回歸馬陸形態，深吸一口氣後，非常刻意地展現哀愁的模樣。

「如果我對你說，我的異樣是因為發現自己喜歡上你了……阿靖你……會怎麼辦？」

我不敢迎上他的表情。

只能任憑沉默重重地壓下，甚至連零點一公分都不敢輕舉妄動，我等著，從一數到十，從沉默等到沉默。

果然，又是一次重蹈覆轍的試探。

張揚的笑聲猛然劃破沉默，忍耐著腹部傳來的不適，我奮力地擠出笑聲，讓笑聲帶來的喧譁驅逐所有沉默；抬起頭我看向繃緊臉的阿靖，心揪疼揪疼的，臉上卻依然掛著沒心沒肺的笑容。

「你相信了嗎？」

沒給阿靖回答的餘地，我作態地晃動著腦袋。

「既然知道我是個擅長說謊的人，就不應該輕易地相信我。」我故作擔憂地嘆息，「真擔心阿靖會被哪個女孩子給騙走。」

「我會跟阿姨說妳沒事。」

「生氣了嗎？」我討好地扯動他的衣袖，「冰箱裡還有兩個布丁，全部都給你，嗯？」

阿靖瞥了我一眼，表情有些無奈，他的回答總是盡在不言中。

他俐落地起身，離開前還順手替我收走布丁空盒，我張大雙眼目送他的身影，最後聽見門板被闔上的聲響。

直到這一切結束，我卻依然能感受到阿靖所帶起的晃動。

輕輕搖晃著我藏匿在最深處的情感。

□

天空藍得不可思議。

我忍不住抬頭張望了三次，每當我停下步伐，身邊的人總會慢上一拍跟著頓住，而他的停頓拉回我的思緒，我抿起有些不好意思的笑，再度往前移動。

「比起天空，我覺得妳比較吸引人注意。」

「如果你專注在手邊的工作，其實不會察覺我的停頓，不要拿我當作偷懶的藉口。」我輕輕搖頭，「做人不能這樣。」

聽完我的話之後，他爽颯的笑聲飄了過來。

「我認錯，偷懶就應該低調一點。」

「果然是上進的好青年。」

「因為覺得我上進，才會聯絡我嗎？」

「什麼？」我愣了一下，耳邊聽見鐵罐被扔進塑膠袋的聲音，匡噹一聲，「大概吧，覺得淨灘跟你的形象滿適合的。」

「聽起來是稱讚，至少淨灘不尷尬。」

只是聽完這段感想之後我能給的卻只有一抹尷尬的微笑。

低下頭我佯裝勤奮地撿拾著沙灘上垃圾，有些無奈又有些愧疚，還有各種難以形容的複雜情緒，伴隨著海浪的撲打一次次襲捲而來。

眼角餘光瞥見阿靖的頎長身影，以及緊跟著他的嬌小女孩，綁得高高的馬尾隨著她的踏步而劃出明快弧度，臉上的笑容燦爛得令人感到刺眼。

但這一切都是出自於我。

自從被阿靖明白指出「異樣」後，隱約的不安便盤旋在我胸口遲遲不得紓解；然而越害怕被看穿，便露出越多破綻，彷彿玻璃器皿出現第一道裂縫後，便更加輕易蔓延出第二道、第三道裂痕。

思索上千次之後我得出了一個不是辦法的辦法——轉移阿靖的注意力。

當然，同時也為了讓自己更加「理解」現實。

於是我搜尋了各種活動，終於找出一個合理又不太惹人遐想的活動，並且主動邀請馬尾女孩以及陳威倫，一起參加淨灘。

我強烈記得那時馬尾女孩眼尾漾開的光彩，炫目到我差點反悔。

「妳不是騙我的吧？」

「不相信就別來。」

「當然要去，就算是陷阱也要去。」

「就不怕被整嗎？」

「只要學長有千分之一出現的可能，我就一定會去。」

「那就這樣吧。」

「等一下，學姊妳……為什麼突然要幫我？」

「不是幫妳，」是幫我自己，但我當然不可能那樣說，「是活動缺人，妳最好牢牢把這五個字刻在腦袋裡，否則我完蛋，妳也會跟著完蛋。」

我又撿了一個寶特瓶。

即使出動一百個人，也收拾不了遍佈整座沙灘的殘局。

簡直像種隱喻。

「要稍微休息一下嗎？」陳威倫溫厚的嗓音融進海風裡頭，輕撫著我的臉頰，「雖然太陽不大，但還是隨時補充水分比較好。」

我看了一眼不遠處的阿靖和馬尾女孩。

「好。」

多拉開一點距離也好。

然而現實總是與期望相悖，我才剛拔下手套、拿出背包裡的水壺，就看見想拉開的組合越走越近的畫面。

我咕嚕咕嚕地灌下將近半瓶的水，微妙的尷尬在我吞嚥下最後一口水之後，膨脹到逼近臨界的程度，我想，最根本的原因在於，阿靖那張好看的臉，正瀰漫著與清朗天氣截然相反的低氣壓。

也是。

就算已經警告馬尾女孩一百次「不要太積極」、「不要露出馬腳」，但當她看見阿靖那一瞬間，就乾乾脆脆地將這一切拋諸腦後。

今朝有酒今朝醉，大概她的邏輯是這樣的，何況酒是她在喝，承受酒醉頭痛的卻是我。

更何況，我後知後覺地意識到，無論淨灘活動多麼陽光正向，又多麼愛護地球，都不會是一般大學生安排活動的日常選項，即使是安排動物園之旅都還更加自然；遑論是由平時愛護地球僅限於乖乖做好垃圾分類，又不怎麼喜歡曝曬的我主動提出，無論從哪一個角度來看都十分可疑。

當機立斷，我扯開甜膩膩的討好燦笑，將手中的水瓶遞給他。

「要喝水嗎？」

我的手懸在半空中，儘管只有半瓶水，下墜感仍舊十分強烈，但即便只拿著一粒沙子，經過時間的流轉後依然會讓人難以支撐。

阿靖拿走了在我掌心裡變得有些溫熱的水瓶，在我右手恢復原位後又塞了回來。

「不喝。」

這麼說完就轉頭走了。

看來阿靖真的不是普通生氣。

「妳還好嗎？」

「不好。」我緊握著水瓶，眼底的風景是馬尾女孩鍥而不捨地追上，「而且，綁馬尾那個女的正努力把我往更不好的方向推。」

「妳想撮合妳哥跟那個女生嗎？」

「一點也不想。」陳威倫有一瞬間的呆愣，我無奈地笑著，「我只是約大家來淨灘而已，目的也只有撿垃圾愛護地球而已，一點其他的心思也沒有，但綁馬尾那個完全無視行前說明。」

「行前說明是一回事，但能不能遵守又是另一回事，其實我也不是很願意遵守。」

「但還是必須遵守，只是一個人的脫軌，就演變成這種狀況，萬一又多一個人脫軌，世界可能會出現不可逆的動搖呢。」

陳威倫理解地點頭。

他重新拿起擱置的垃圾袋，發出叮叮噹噹的碰撞聲。

其實約他同行這件事我非常猶豫，猶豫到我捏著寫有他聯絡資訊的那張紙在房間來回走了一個多小時。

我並不是想利用他，而是認真考慮過「或許我試著和一個相處起來舒適，又有點喜歡我的人約會」的可能性；然而我又不願意給他任何期望，那實在太過殘忍，我很清楚一份喜歡會讓人變得脆弱，擁有喜歡的人不應該被隨意對待。

如何取得「嘗試」與「期望」的平衡點，又或者這兩者之間從來沒有平衡點，拚命糾結的結果就是耗費了大量的時間和熱量。

最後我憋著氣傳了盡可能中性的簡訊。

——星期天有淨灘活動，我要組隊參加，你願意一起愛護地球嗎？

竟然不到三分鐘就得到「我很樂意」的回覆。

我只能拚命說服自己，他對地球的愛護超出我的想像。

「繼續往前走吧，世界會變成什麼樣子，總是要往前走才能知道。」

「是這樣沒錯。」

於是我和陳威倫便拖曳著長長的影子，一邊撿拾著不知哪個人留下的痕跡，卻一邊在沙灘上印下彼此的痕跡。

我想他說得沒錯，總之要往前走才能知道前方的風景。

只是現在，我前方的畫面卻是阿靖的背影。

□

阿靖是一個很少生氣的人，但這也意味一旦他被激怒就難以簡單收場。

我不知道這能不能稱得上勳章，也不確定應不應該感到自豪，總之，在阿靖二十一年的人生中，他的怒氣幾乎都是因我而起。

例如我只花了三秒就把他耗費整個暑假才完成的模型徹底摧毀。

又例如我絕食抗議爸媽不准我參加夜遊。

還有就是，我策劃的一場愛護地球的淨灘活動。

回程阿靖的臉部肌肉始終處於最緊繃的狀態，我小心翼翼地跟在身側，試圖尋找討好阿靖的破口，但路都已經走了一半，他卻連一絲鬆懈都不給我。

「阿靖……」

我怯懦地喊了聲，可想而知他完全不願意搭理我。

阿靖無視我的時候我總會採取霸道的手段，例如擋住他的去路，又或者用盡各種方法打斷他手邊的工作，強迫他面對我；然而過往的經驗全然派不上用場，我不想火上加油，也不想雪上加霜，無論是冰與火，都讓人無力招架。

「阿靖，我錯了，你不要不理我……」

但即使我認錯，也無法讓他的緊繃鬆緩。

隨著步伐的邁動，我內心的不安與徬徨也越加膨脹，阿靖總是對我異常寬容，但我卻開始害怕自己是否已經耗盡了他的寬容。

於是我下意識便扯住他的手。

阿靖不得不停下腳步，我卻低著頭不敢望向他的雙眼，我清楚感覺自己的指尖正微微顫抖。

我想，顫抖也確實滲進了阿靖的掌心。

「我不喜歡那個女孩子，不要再安排這種活動了。」

「以後不會了……」

「林靜蕾，妳最近到底怎麼了？」

「我……？」我猛然抬起頭，聲音哽在喉嚨遲遲擠不出來，隔了很久很久，我的唇畔才滑出喃喃細語，「我沒怎麼樣啊……」

「妳不想講，我就不會再問了。」

「阿靖——」

「妳不放手我沒辦法走。」

然後，我像被什麼狠狠擊中一樣頓時鬆開手。

——妳不放手我沒辦法走。

阿靖這麼說。

我知道，我一直都知道。

這個世界上大概不會有任何一個人比我更明白這一點了。

放。手。

我努力了這麼多年卻始終做不到。

一次又一次我說服自己，還有一點餘裕，也一次一次檢討自己，不可以再任性臨陣反悔；然而這些說服與檢討都只是自欺欺人，藏匿在最深層的核心始終只有一個。

——我不想放手。

然而這從來跟我想不想沒有關係。

「阿靖。」

我突然出聲喊住他，看著兩人之間拉開的距離，三步，或者五步，阿靖回過頭安靜地望向我，我知道，再也不能替自己留下退路了。

「今天的活動確實是我刻意安排的。」

我握緊雙手，盡可能讓自己的聲音不要起伏不定，要像被和緩的風帶起的風鈴，自然又不留痕跡。

「但是，不是想撮合你跟陳岳芬，而是、而是因為陳威倫。」

話一落地，我便聽見內心深處發出某些什麼坍塌的聲響。

我甚至找不出適當的形容詞來描述使我整個靈魂嗡嗡作響的聲音。

然而謊言一旦拋出，就必須咬著牙完成，我已經替自己做出了決定，比起失去阿靖的可能，我寧可將喜歡徹底彌封。

「我承認我是特地找陳岳芬來的，這一點阿靖要我怎麼賠罪我都不會討價還價，但我並不是想替你跟她牽線，而是不希望讓陳威倫察覺到我的用意；我知道我這樣做不好，也知道應該先告訴你，但我說不出來，這種事……而且我也說不清自己的感覺……阿靖也知道陳威倫好像對我有一點好感，我大概也是，所以想多相處幾次來確認自己的心意，但我既不想貿然跟他單獨出去，也不想給他額外的期望，才會、才會想出淨灘活動這種方法……」

說完這段話，我全身的氣力幾乎都被消耗殆盡。

最能讓人相信的謊言，便是將真的摻雜進假的裡頭，最好說到最後，連說謊的人自己也分不清楚哪邊是真的，哪邊又是假的。

沉默持續了很久。

最後他轉身，像要被融進夕陽裡一樣。

「回家吧。」

阿靖低啞的嗓音用一種帶著嘆息的語調遞給我這三個字。

他的嘆息意味著他接受了我的解釋。

斂下眼，我緩步走向他的身旁，等到我與他並肩，他才隨著我再度邁開腳步。

我想，從我掌心給出的謊言，已經在阿靖的世界裡成為真的。

而我對他的喜歡，即使被迫攤開擺放，透過阿靖的眼，無論看見什麼，總會先瞥見那上頭安靜躺著一張寫著陳威倫名字的標籤。

這對我來說或許是最好的結果。

卻也是，最痛的風景。

06

我以「我需要消化一下我的害羞」為由，理直氣壯地迴避著阿靖。

然而我內心的悶滯卻沒有隨著時間流逝而被稀釋，相反地，卻是這一秒比上一秒更鬱悶，下一秒又比這一秒更沉重，我甚至悲觀地想像自己再過不久就會成為擁有大象靈魂的年輕女孩，屆時或許喜不喜歡誰都無所謂了。

「妳有心事嗎？」

「說沒有妳會信嗎？」

「當然不會。」小宛抬手戳了戳我的臉頰，臉上流露的並非同情或者關懷，而是嘖嘖稱奇，「我一直覺得妳什麼事都能看得開，沒想到居然也會看見妳陷入這種狀態。」

「所以妳忍了那麼多天才問，是因為在進行生物觀察嗎？」

她居然毫無猶豫地點頭。

真是交友不慎。

「也不只這樣啊，我也在等妳會不會主動跟我說心事。」

「不是不想告訴妳，而是連我自己都還無法好好說明到底是怎麼一回事……」

「所以才要說啊。」她以不認同的表情晃了兩下腦袋，「越是苦惱的事情就越不能只在自己腦袋裡打轉，不然妳就會像追著自己尾巴跑的小狗，就算轉到摔倒也追不到尾巴。」

我重重地嘆了口氣。

頹喪地趴在桌上，有一搭沒一搭地玩著原子筆。

「跟妳的青梅竹馬有關嗎？」

我掀了下眼皮，既不承認也不否認，畢竟我躲阿靖的舉動也不是普通明顯。

尤其小宛這陣子一再被我扯著當作擋箭牌，她不止一次抱怨我佔用了她開拓美好戀愛生活的時間。

「吵架了嗎？」

「沒有。」

「呃，沒吵架感覺更慘……我聽陳岳芬說了，妳的青梅竹馬好像因為妳替她牽線的事很生氣，她好像也有點愧疚，所以託我跟妳說不好意思，還說她這陣子會先忍住不要去找妳的青梅竹馬……」

「她找不找阿靖都無所謂了……」

「林靜蕾，妳放棄人生了嗎？」

儘管我全身乏力，我依然擠出最後一點力氣白了她一眼。

她噗哧地笑了出來，托著腮，另一隻手的食指在桌面上答答答地點著。

「跟妳青梅竹馬好好認錯道歉就沒事了啦，雖然他看起來有點可怕，但對妳不是普通的好啊，不然陳岳芬在採取行動前也不會一直要我確認他到底喜不喜歡妳，所以不用太擔心啦，妳這幾天的樣子，他應該也能感受到妳有好好反省了吧。」

我垂下眼眸，視線落在灰黑色地板的某一點，心中瀰漫著複雜的情緒，大概，每個人都能輕易地猜到開始，卻沒有一個人能夠料想到結局。

直到謊言說出口的那瞬間，我才明白，原來當喜歡摔落地面竟然會是那麼痛的一件事。

果然人在實際經歷之前，所有的想像也終歸是想像罷了。

「阿靖是生氣了，但當天就原諒我了。」

「不然，妳究竟是怎麼了？」

小宛的口氣終於染上一些擔憂，我有些勉強地扯開笑，但想起以自己的姿勢她根本看不見我的表情便乾脆斂下。

我想把這一切當作秘密。

真的。

然而我實在過於高估自己，也太過低估我對阿靖的喜歡。

我進行了長長的深呼吸，緩慢地坐起身，卻沒有轉向小宛，而是讓目光望進透過窗的那束光。

「我呢，告訴我喜歡的人，我喜歡的是另一個人。」

□

瀰漫在我周旁的空氣非常安靜，靜得幾乎讓人以為陷入了真空。

小宛的反應出乎我的意料，本以為她會驚呼或者迫不及待地追問，事實上我也預演了那樣的狀況，想像著攀咬在我心臟的、那些難以吐露的情緒能夠循著她的追問一步一步爬出我的身體，然而此刻她給我的卻是一種帶有小心翼翼的試探。

「……妳還好嗎？」

「大概吧。」我扯開一抹大概難看到不行的微笑，「過一陣子應該就會看開了。」

「這種事怎麼可能看得開。」

她突然伸手抓住我的肩膀，猛力將我扳向她，用著無比堅定的眼神與語氣對我說：「如果是誤會的話，最好一秒鐘都不要耽誤，快點讓對方解除誤會，但如果……如果妳是故意讓對方誤會的話，站在朋友的立場，不，站在一個女人的立場，我非常強烈地希望妳再好好考慮一遍。」

「妳不用太擔心，反正我跟對方本來就——」

「跟對方喜不喜歡妳沒有關係，」她激動地打斷我，「沒說出口的喜歡就已經夠讓人後悔了，何況是被曲解的喜歡？林靜蕾，一個人沒有多少份喜歡可以被揮霍，不管是多麼艱難的狀況，一旦選擇逃避，接下來等著妳的就是不知道會糾纏多久的後悔……」

「妳冷靜一點——」

「沒辦法冷靜也不應該冷靜！」

隨著小宛越來越激動，我浮動的思緒也越來越冷靜，我明白會後悔，事實上謊言一說出口的瞬間我的舌尖就瀰漫開後悔的苦味，但這就彷彿一個永遠找不到出口的迴圈，無論是藏匿、撒謊或者坦白，每一個選項通往的都會是不同模樣的後悔。

「妳先放開我……」

小宛用力地深呼吸，胸口明顯因激動而起伏，她只要一遇上所有跟「喜歡」沾上邊的事，便會以偏頗到不可思議的模式進行思考，我想對她來說，所有跟喜歡有所衝突的事物都稱不上衝突，甚至她很誠懇地向我坦白，假使某天她喜歡上我的交往對象，即便她會強迫自己割捨，卻依然會將喜歡傳遞給對方。

「不對，妳什麼時候有喜歡的人了？」

「這不重要。」

「妳不要迴避我的視線，也不要想唬弄我，我不會追問對方是誰，但妳話都已經說出來了，就不要以為可以蒙混過去。」

這種程度的追問在我的預想之中。

於是我並沒有太多猶豫，低聲拋擲出在我腦中來回組織過幾十次的說詞。

我輕巧地描繪故事中的每一個情節，像是最簡單、最激不起火花的一則短篇，我告訴小宛我喜歡上了某個男孩，卻在反覆試探後不得不接受期望的落空，為了維持兩人的平衡，我努力藏匿內心的感情，卻忽然在某個我也意料不到的時刻，男孩看穿了我的異樣，彷彿只要再仔細一些，就會掀開我不能言明的秘密；於是我慌了，即便明白必須付出代價，卻還是拋出了謊言，我承認了我的喜歡，卻否認了我對男孩的喜歡。

——這裡確實有一份喜歡，卻是屬於另一個人的。

「大概，這就是所謂『最危險的地方，就是最安全的地方』吧。」

我這麼下了結論。

然而小宛的眼神狠狠戳中我的心虛。

「在我聽來，這個故事的架構就是呢，女主角膽小得要命，所以在知道對方不喜歡自己之後，就轉而安慰自己，保護友情比較重要，快要被看穿的時候呢，也怕得要死，因為女主角很清楚，『對方不喜歡自己』跟『對方拒絕自己』是完全不同的兩件事；再說了，要是妳知道對方對妳有一點點好感，妳還會抵死隱瞞嗎？事實上談戀愛才是最容易讓兩個人一輩子再也不往來的事吧。」

「可是……」

小宛抬起手，制止我的辯解。

「就算妳本意真的是想保護友情好了，覺得友情比愛情重要多了，但是啊，人一旦喜歡上了某個人，就不可能有什麼平衡，選項只有越來越喜歡他，跟越來越不喜歡他兩種，如果幸運的話最好是往不喜歡的方向走，但莫非定律就是這樣，想要維持友情的人，要嘛就是暗戀個五年八年，要嘛就是在某個忍受不住的時候，又突然把喜歡說出口……要我說啊，除非妳有慢慢不喜歡他的把握，否則早說晚說結果都是一樣的。」

「不要再說了！」

我摀住耳朵，自欺欺人的將頭埋進雙手之間，小宛卻沒有放過我的意思。

眼前遞來一張寫著極大字體的紙條。

——越喜歡就越膽小。

這次我不僅摀著耳朵還緊緊閉上雙眼。

只是，在沒有聲音也沒有光線的黑暗之中，小宛寫的那七個字便越加膨脹喧囂。

□

跟朋友談心可以消解鬱悶根本是世紀大騙局。

我體內的靈魂經過談心流程之後，急遽從小象成長為大象，連移動一公分都像綁上鉛塊一般無比沉重緩慢，不過是從小公園的這頭走到那頭，我就足足耗上了半小時。

然而無論耗費多長的時間，以及多少力氣，從這一端到那一端，走著走著總能抵達。

同樣的道理擺在一個人和另一個人之間卻不是如此明快簡單。

最後我站在沙堆旁，看著不知道是哪個人未完成的城堡，以某種被遺忘姿態沉默地聳立。

不知為何我突然想接手完成這座城堡。

於是我蹲下身，在應該有各式各樣活動能夠打發時間的午後，彷彿被世界排擠，我一個人搭建著沙堡。

「還以為長大之後，『蹲在角落玩沙』這句話只會是一種比喻，沒想到我還真的一個人蹲在角落玩沙……」

「堆城堡比我想像中難十二點五倍吧……」

時間的存在感在一個人特別專注的時候特別薄弱，也可能是堆沙堡的難度超出我的預期，好不容易堆出勉強稱得上完工的城堡，我才察覺夕陽已經籠罩整座公園。

至少在這段過程中，我能稍微將現實切割開來。

只是，專注玩沙的附帶效果便是腿麻。

當我猛然起身，下一瞬間就華麗地往下摔，周旁空蕩得找不到任何支撐點，唯一我能控制的，便是盡可能不讓自己壓垮才剛完成的沙堡。

至少跌在沙堆上比較不痛……

在我認命接受現實之際，現實卻給了我意想不到的反彈。

反彈。

柔軟中還帶著硬實的那一種。

「妳還好嗎？」

「嗯……」

有些艱難地扭過頭，我勉強能辨認出扶住我的人的輪廓，陳威倫，愣了幾秒鐘我才消化這個現實。

又隔了幾秒鐘，我才意識到自己的肩膀和背抵住的那一大片「柔軟中還帶著硬實」的支撐，竟然是他的胸膛。

依照少女漫畫的套路，此時的我應該有兩種選項，一個是迅速彈開同時用拙劣的方式試圖迴避一切，另一個則是順勢賴進對方懷中上演嬌羞劇碼。

我用很短的時間考慮了兩次，果然，漫畫的套路不能應用於現實，我既不想勉強擠出體內沒有的嬌羞，腿麻也大大阻礙我的動作，最後我決定以中性又冷靜的方式來定調這場意外。

不要抵抗，也不要有所延伸，直接視作一種理所當然的狀態，坦率地邁向下一個步驟。

「可以請你扶我到旁邊的長椅嗎？我現在移動有一點困難……」

「當然沒問題。」

陳威倫以非常細緻的方式扶著我移動，其實走到一半我的不適就減少了大半，但我開不了口也找不到鬆手的時間點，彷彿走了第一步之後，在抵達長椅之前，所有的打斷都不恰當。

「跟第一次見到妳的狀況很像呢。」

「嗯？」我將飄離的思緒拉回，輕輕地點頭，「再多發生幾次的話，大概就會被你當成我的人格特質了。」

「非常有記憶點，在我看來是件好事。」

我沒有接話。

應該說我不確定哪個方向才是恰當的延伸。

比如現在的我。

我並不討厭陳威倫，也懷抱著「或許能稍微跟他走近一些」的念頭，但我又滿是躊躇，不確定邁出腳步的結果究竟會不會成為一種傷害。

畢竟，在我和他之間，給出比較多籌碼的人是他。

「其實，在妳開始堆沙堡之前我就看見妳了。」

「那不是，有點久之前嗎？」

「嗯，回想起來這種行為好像有點……雖然像是藉口，但我一開始是想向妳打招呼的，只是我還沒靠近，妳就蹲在沙堆前開始動手堆城堡，不知道為什麼，我總感覺不要打擾妳比較好，只是我也沒辦法轉頭離開……認真想想，這跟我的處境也有點像……」

他說的，何嘗又不是我的處境呢？

說不定大多數的人都處在類似的僵持當中，既無法往前，也下不了離開的決斷，結果只是越來越膠著，越來越無法動彈。

「如果，我是說如果，在你眼前擺著一顆不知道內餡的大福，而且內餡也不是草莓或桃子那麼令人愉快的選擇，可能包著各式各樣苦澀酸辣甚至有害物質，但也還是有可能是草莓內餡……但說實話，要想咬到草莓或桃子內餡，機率大概遠比你想像的還要小，在這種狀況下，你還會願意伸手拿起那一顆大福嗎？」

「有害物質，居然還包進這麼危險的東西。」他的笑聲輕輕淺淺地晃漾著周旁的空氣，「不過我想，我還是會伸手去拿，比起往後的日子裡總是不斷思考『那裡面包的會不會是草莓』，我更希望能乾脆地嘗試，也乾脆地獲得結果。何況，至少在這種前提下，我還能先做好『可能會吞下有害物質』的預備。」

「這樣啊……」

我和他在長椅前停下。

夕陽的餘暉披灑在兩個人的身上，帶著一種濃烈而失真的光影，我鬆開搭著他的手，拉開的距離卻滲進了高密度的空氣。

陳威倫的表情很認真，卻也像在談論一件簡單的日常。

恰巧他站在我的右邊。

於是每一個字都清晰地震動著我的意識。

「所以，現在，我的面前有擺著一顆不知道口味的大福嗎？」

07

我沒有正面回答陳威倫。

他的提問，難度比我預想的還要難上一百倍。

人生大抵是這樣的，問題或者困境，不像遊戲解任務，解決一件才會冒出另一件，現實通常是交錯糾結，就像設定密碼，想解開一位數，頂多從零試到九，但多加了一個數，最壞的狀況卻必須從零試到九十九。

「究竟要不要消除阿靖的誤解，讓我的喜歡重新歸位」是我面對的第一道鎖。

「究竟要不要拿出大福擺到陳威倫面前」則是第二道鎖。

兩道鎖乍看可以分別擊破，但內裡卻緊密黏附，即使成功剪對炸彈第一排線的顏色，只要第二排剪錯，結果還是會砰地一聲將四周炸毀。

「妳有沒聽見我說話？」

「什麼？」

「我什麼都沒說！」

「喔。」

馬尾女孩一臉不悅，右手食指煩躁地敲打著桌面，另一手則遮著臉頰，整體的姿態簡直像擔心沒人能看出她的情緒一樣。

但事實上，即使清楚接受到了她想傳遞的訊息，也不代表必須有所回應；大概是我這種愛理不理的表現，更加刺激了她的浮躁。

「就算妳不需要我的關心，至少我跟妳說話，妳應該給點反應好嗎？」

我有些敷衍地點了兩下頭。

大概，又更激怒她了。

當然我知道她出自好意，也沒有強迫我什麼，要求我多少給點回應也在合理範圍內，但我剛剛經歷一次讓我更加沉重的「談心」體驗，我實在不想這麼快就陷入第二層的低窪。

況且，客觀來說我跟馬尾女孩一點也稱不上熟悉。

「妳一看就知道我心情不是很好，大概因為這樣所以妳可能在我恍神的時候釋放了一點善意，這點我很感謝，但以我目前的狀況，我不可能回報妳同等的善意，嗯，雖然這樣說有點過分，但就算我的狀態良好，我應該也不會平白無故對妳展現友善。」

「我果然跟妳處不來。」

「反正妳一開始接近我的理由就是因為阿靖，只要妳還喜歡他，就算跟我處不來妳也不能得罪我，假使妳不喜歡他了，自然我跟妳就沒有處不處得來的問題了。」

「有沒有人說過，妳這樣讓人很不爽？就是用很溫和的語氣，結果說出來的一大串話，每一個字都討人厭到了一種完全沒辦法形容的地步。」

「沒有。」我很肯定的回答，「因為我很少這樣對人，就這點來說，妳很特別。」

我承認我懷抱著激怒她的心思，跟討不討厭無關，單純是我希望獨處。

然而，一旦坦率表示「請讓我獨處」，十有八九的後續視對方又從口袋裡掏出更多不用錢的關心，並增加追問跟自以為是安慰的強度。

從早上開始我就從事了「閃躲阿靖」跟「迴避小宛」兩件高耗能的活動，實在沒有力氣能分給眼前的馬尾女孩了。

托著腮我的視線滑過一群以張揚的姿態笑鬧的女孩，接著是另一群散發陽光氣息的男孩，最後目光落回她漂亮的臉龐，我想，縱使身處同一座校園，她的青春和我的青春仍舊是截然不同的。

我忽然有些不確定，拚了命和阿靖考進同一所大學，說不定其實是另一種消耗，假使我到了另一所學校，他也許就能擁有更完整的校園生活，以及、更完整的戀愛。

「不管怎麼樣，我只是覺得有點抱歉，因為我的關係讓學長對妳不高興。」

「嗯，我收到了。」

「我沒打算放棄學長，但最近會收斂一點，雖然我不覺得這種事應該要跟妳報備。」

「不收斂也沒關係，妳跟阿靖的事我不能干預。」話是這麼說，但心臟仍舊反射性地泛起痛感，我刷地站起身，既然她不打算走，那我就自己離開。「我先走了。」

我果斷地離開好不容易佔到的樹蔭區，思緒轉了一圈，突然換了方向往體育場走去。

越吵的地方越能找到安靜。

理想上是這樣。

但馬尾女孩不死心地追了上來，我連翻白眼的力氣都不想分給她，耳邊偶爾有嗡嗡嗡的聲響，大概是她在說話，但反正我就是旁若無人地往前走，說不定走著走著她就想通不再跟上了。

「妳生氣就對我發火啊！」

馬尾女孩猛然扯住我，差一點我就失去平衡，迫於無奈地停下腳步，蹙起眉面色凝重地盯著她。

「我說了，我沒有對妳生氣，阿靖也沒對我怎麼樣。」

「從淨灘之後，我每次看見妳，妳都是這種情緒低落的樣子，我問過小宛學姊了，雖然我也知道這是妳跟學長之間的問題，但終究是因為我的緣故，所以就算是被妳當作出氣筒也沒有關係。」她的表情透著一抹堅定，「但我承認這也不只是為了妳，學長這陣子看起來狀態也不是很好，所以至少，至少我想做點什麼——」

聽完她的話我才理解癥結點在哪。

八成是小宛被追問得煩了，又基於保密原則，不能透露致使我低落的真正理由，便隨口搪塞，但她的隨意卻成了另一個人的執念。

「好吧，就當我跟阿靖是吵架了，但關於淨灘那件事，在我和阿靖之間已經不會再構成任何問題了，所以妳儘管放心，我現在這副死樣子，是我自己的問題，至於阿靖狀態好或者不好，八成他也有其他需要考慮或擔心的部分，只是發生的時間點湊巧在淨灘之後，這樣，妳能夠明白嗎？」

「不明白。」她的手仍舊扯著我，更拿出要把一切拆解開來的氣勢，「學長明明一聽見我提起妳，表情就變得更嚴肅，就算如妳所說跟淨灘無關，那也還是跟妳有關吧。」

「就算跟我有關，那又關妳什麼事？」

「我知道，就是因為知道跟我沒有關係，我才會像現在這樣死皮賴臉地想弄清楚，我只是想，說不定我能從哪個部分開始，能變成跟學長有關係的人，所以就算妳對我不爽也沒關係，要對我發脾氣也可以，只要是能靠近學長的機會，我都會像現在這樣，想盡辦法地抓住。」

「妳——」

句子突然被一聲巨大聲響截斷。

接著是嗡嗡嗡地回音填滿我的右耳。

變故來得太過突然，突然得讓我連方才要回馬尾女孩什麼話都瞬間成為空白一片。

除了聲音之外的一切，無論多麼糾結都不再重要了。

我摀著耳朵，視野映現馬尾女孩神態焦急，水嫩的雙唇不停開闔，卻連一個字都沒有化為聲音進入我的意識。

最後我的視線落在不遠處的一顆排球，勉強組織起狀況。

一抹恐懼忽然自我心底深處漫開。

緩慢地、爬上我的四肢，佈滿我的皮膚，我感覺身體不住發冷，跟痛無關，而是因為那久久不散的嗡嗡聲響。

這一刻我才明白，原來我從來就不像自己以為的那樣坦然。

我怕。

怕自己從此失去了這個世界的聲音。

□

花了很長一段時間我才勉強冷靜下來。

依照校醫的指示我努力放緩呼吸，在內心一次又一次確認自己的的確確接收到了聲音，但佈滿額頭的冷汗與發虛的雙手雙腳，仍沾附著恐懼的痕跡；我的冷靜還只停留在表層，而內裡的恐懼仍舊處於熱燙翻騰的狀態，除了繼續進行極緩極慢的呼吸之外，我別無他法。

然後阿靖來了。

馬尾女孩大概向他描述了事情的輪廓，我不是很確定，我的記憶零散到只能記住她把手機放進我的背包的畫面，連她什麼時候拿走、又是什麼時候撥出電話，我都不能肯定。

我不知道是我的恐懼染上了映現在我眼底的每一個畫面，或者是阿靖的雙眼確實瀰漫著恐懼，總之我繼續深呼吸，一邊看著他朝我走來。

「學姊沒事，剛剛是有點緊急，所以我好像把話說得太誇張了，但醫生說學姊只是太緊張了……」

「嗯。」

阿靖沉沉啞啞地應了聲。

他的姿態帶著一種小心翼翼，蹲在我面前，非常艱難地才拋出問號。

因為那問號裡頭擺著我和他長久以來所規避的內容物。

「聽得見我說話嗎？」

我輕輕點頭。

接著阿靖將手貼上我的右耳，熱熱燙燙的。

「痛嗎？晚一點我陪妳去醫院檢查。」

「已經不痛了。」

馬尾女孩大概是察覺到氣氛異常緊繃，只要見到阿靖就會拚命刷存在感的她一個單音也沒有發出來，在這種狀況下，一道笑聲卻突兀地拋進三個人之間。

我想他一點惡意也沒有。

更應該說，他的話語純粹是出自想調和氣氛的好意，畢竟「被球砸到」在校園裡根本稀鬆平常，我既沒有外傷，也沒有腦震盪的跡象，八成連我緊張到像經歷重大事故般的模樣在對方眼中都帶著荒謬。

但即便出發點再怎麼良善，狀況再怎麼「不用擔心」，也不能保證說出來的話不會成為銳利的刀刃。

「不用那麼緊張，被球砸到是很痛，但不會有太大問題。」校醫又笑了聲，「就算一邊的耳朵真的出了什麼問題，還有另一邊嘛。」

還有另一邊。

當初我也這麼跟阿靖說過。

但現在的我，已經沒有「還有另一邊」的餘地了。

聽到校醫的話之後，阿靖的表情、阿靖的身體甚至阿靖的每一道呼吸，都緊繃得讓人感到害怕。

我甚至分不清，究竟是我的害怕多一些，或者阿靖的害怕更加濃稠一點。

「阿靖。」

我用力抓住他的手，用力到連我自己都能清楚感受到痛楚，但偶爾痛楚反而能安定人心。

看著阿靖的雙眼，那濃黑之中有著我的倒映，我以極其堅定的口吻告訴阿靖，也告訴自己。

「我聽得見。」

我的語速很慢，慢得像是哪個人放緩了播放速度一樣。

接著又重複了一次。

「我沒事，我真的聽得見。」

我想校醫應該也已經猜到情況了，語氣也嚴肅了起來。

「我剛剛的話不恰當，抱歉，但我能保證她的不舒服主要是緊張引起的，跟被球砸到沒有太大的關係，如果真的放心不下，我可以幫忙開轉診單。」

「謝謝，我已經好多了。」說完後我再度轉向阿靖，「下午的課我不想上了，如果感覺不對，再去醫院檢查，現在，你先帶我回家吧。」

「好。」

阿靖站起身，他的影子覆蓋上我的身體，我搭上他朝我伸出的手，心中突然襲來一股沉重濃黑的鬱悶。

即使花了所有力氣去掩蓋、躲藏，那也不過是一種自欺欺人的視而不見，既改變不了事實，也解決不了問題；無論是我的左耳，或者我對阿靖的喜歡，即使以冠冕堂皇的理由暫時覆蓋遮掩，但對打從一開始就清楚看見布幕底下擺著什麼的我們來說，有沒有那塊布都一樣。

縱使全世界的人都察覺不出我的聽力問題，也改寫不了阿靖跟我對這件事的理解，儘管我們若無其事地生活了那麼久，卻只因為一顆球，誰都不覺得有什麼的球，狠狠地撕開那層假裝。

說到底，大概我和他的假裝本來就是這麼脆弱的存在。

我想，綁住我的第一道鎖的密碼已經攤在我面前了。

就算在我的喜歡貼上陳威倫的標籤，但內容物並不會因此變質，說不定哪天也會出現一顆球突然砸過來，接著引起令人措手不及的後果。

「謝謝妳送我到醫護室。」

「喔，嗯……」

馬尾女孩替我拿來包包，阿靖在我伸手之前先接了過去。

空氣重得讓人感到呼吸困難。

本以為踏出醫護室能獲取清新一點的空氣，但除了少了一點藥味，多了一點溫熱之外，凝滯感卻絲毫沒有散卻。

「我們去遊樂場吧。」

「妳先回家休息，想去明天再去。」

「就算是一樣的事情，今天做和明天做也不會一樣，而且，有些事，不在當下進行就沒有意義了。」

我牽起阿靖的手。

比記憶中厚實，也比記憶中熱燙。

從十七歲那一年開始，不、從我察覺對阿靖的喜歡那一天開始，我就再也沒牽過他的手了。

「既然都蹺課了，待在家實在太浪費了。」

□

現實總是不如人願。

站在遊樂場門口，嘈雜的音樂與笑鬧讓整個空間彷彿被切割開來，我不甘心地繞了三圈，最後又走回原點。

「這種時間點，為什麼有這麼多人出現在遊樂場所？」

「妳不是也是在『這種時間點』來的人？」

「那些高中生擺明是蹺課吧！」

「就算妳是大學生，妳的蹺課也不會變得比較合理。」

「至少我成年了。」

「成年還做出不負責任的行為，比未成年還糟。」

「這種時候你就不能順著我的話嗎？」

「因為妳有得寸進尺的習慣，也有只記住對自己有利的話的習慣，還是說，妳會改？」

無可反駁的我只能用沒什麼殺傷力的眼神瞄了他一眼。

作態地哼了聲，我拿出「其實我也沒很想來」的姿態俐落地轉身，雖然晚了幾步，但阿靖的步幅三兩下就超越了我，接著他又放緩速度，兩個人之間的距離就像這樣，在一段微妙的差距中反覆拉遠又接近，接近又拉遠。

「很不想回家嗎？」

「嗯。」

我重重地點頭，雖然真正理由並非不想回家，而是想找些什麼幫助自己將體內殘存的恐懼揮散。

大概阿靖也明白。

只是我和他之間不知不覺已經積累了太多不能明說的內容物，正因為明白，所以必須不明白。

「那換個地方應該也可以吧。」

「換地方……？」

「換一個未成年不能去的地方。」

於是我跟著阿靖拐進巷弄，那是一條我從來沒踏進過的巷子，當我還處於困惑之際，他已經停在一間看起來很普通的咖啡店門口，但阿靖並沒有推開咖啡店的玻璃門，而是從左側的樓梯走往地下一樓。

那是一間酒吧。

更準確一點來說，是一間飛鏢酒吧。

「這時候來沒什麼人，飛鏢區的空位應該很多。」

「那我可以喝酒嗎？」

「不可以。」

「帶我來酒吧又不准我喝酒，不管從哪個角度想都不合理吧。」

「我是帶妳來玩飛鏢的，反正妳還沒坐下，扔飛鏢跟到河邊丟石頭應該也差不了多少。」

「好吧。」我非常識時務地點頭，結束這輪對我太過不利的討論，找了個靠牆的位置坐下，「不過，真意外阿靖會來這種地方呢。」

「偶爾會跟朋友來。」

我抿唇露出一抹淺笑，沒有接話也沒有追問。

服務生一送來飛鏢我就跳下椅子往飛鏢區走去，標靶的光線有些刺眼，但我仍張大眼睛仔細瞪著正中央的紅心；我不確定紅心中央的黑點是不是自己的錯覺，光影之間，有太多事物難以分辨真假虛實。

又或許，每個紅心的正中央，都必然藏著一顆幽黑的核。

完全沒有任何概念的我抬起手，單純憑藉直覺拋擲出手中的飛鏢，但在喧鬧的背景音樂之中我聽不見飛鏢射中標靶的聲音，卻看見它落在離紅心相當遙遠的邊緣。

雖然不意外，但仍舊失落。

我繼續拋出第二支、第三支……

直到我耗盡手裡所有的飛鏢，這期間我都沒有回頭望向阿靖，我想大概是不安，既想看見有別於日常印象中的阿靖，卻也不想看見脫離熟悉範疇的阿靖。

阿靖有阿靖的生活，他也必然有我碰觸不到的面貌，這一點不必走進這間酒吧我就已經相當清楚。

跟射飛鏢的結果一樣，雖然不意外，但仍舊失落。

「我今天受到的衝擊實在有點太多了吶……」

大概就像散步途中突然嘩啦啦地下起傾盆大雨，想躲雨卻又遇上地震，接著迎來一波可怕的土石流——

從砸向我的那顆排球開始，無論是骨牌效應、蝴蝶效應，或者其他任何聽起來很厲害的效應，一層掀過一層，終歸是要迫使我直面最後的峭壁。

面對自己。

也，面對阿靖。

我走回座位，他正靠著牆，以格格不入的姿態用纖長的食指翻過手中的書頁。

「在這麼吵的地方也能讀得下書，就各種意義來說，你真的滿厲害的。」

「想做什麼事跟地點沒有太大的關係。」

「總有難度高低的問題吧，就算在泳池跟急流都可以游泳，耗費的力氣絕對不一樣。」

「因為會花費比較多的力氣就放棄不做，那也不會是多想去做的事。」

「萬一被沖走怎麼辦？明明就看見水流那麼湍急。」

「不是已經看見水流很急了嗎？」

阿靖的話時常很簡略，但不明說的詰問反而會帶來強度更大的衝擊。

因為已經看見水流湍急了，最惡劣的狀況大抵也應該想到了，即便如此仍堅持要下水，就算真的被沖走也在願意承受的範疇內。

是啊。

我就是無法承受「失去阿靖」這個最壞的結果，才一開始就把所有路給掐斷。

「阿靖，如果，我是說如果，我對你做了一件很壞很壞的壞事，你會跟我絕交嗎？」

「不會。」

「你連兩秒的思考時間都沒有耶，認真一點，想像會發生在你身上最壞的事，然後做出那件壞事的人是我。」

「不會。」他闔起書，幽黑的眼眸安靜地望向我，「因為妳不會對我做出那樣的壞事。」

「你這種思考邏輯是犯規，算了，換個問題，那麼阿靖你，在什麼情況下會跟我完全切斷關係呢？」

「為什麼要問這種問題？」

「就是想知道。」我咬著吸管，喝了一口冰涼的可樂，「而且弄清楚之後才不會踩到地雷吧。」

阿靖的表情很明顯是不接受我的解釋。

但他還是回答了。

「如果哪一天妳想跟我完全切斷關係的話，我就不會再連絡妳。」

08

踏出酒吧時才發現夜色已經籠罩整個街區。

音樂的震動彷彿還殘留在我的耳畔，唯有這種時刻我才會格外強烈感受到左右兩側的落差。

直到阿靖送我到家門口，震動都還未能消卻。

「手機響了。」

「什麼？」我愣了幾秒才理解阿靖的話意，手機響了，我有些好笑的抿著唇，「原來是手機，我還以為走了這麼一大段路，怎麼還會感覺到聲音的震動感。」

邊說我邊拿出手機，才瞄了螢幕一眼我就迅速將手機扔回背包。

但螢幕上映現的「陳威倫」三個字，彷彿還明亮刺眼地停留在我的眼底。

「天都暗了，你快點回家吧。」

「為什麼又把手機放回去？」

「反正不是什麼重要的訊息。」

我眨了幾下眼，唇邊扯開有些尷尬微妙的弧度，總不能坦白地告訴阿靖，我現在的狀況承受不起更多的刺激和壓力，所以下意識就選擇擱置、逃避。

真是漫長的一天。

「是那個男的傳來的訊息嗎？」

「哪個男的？」我的眼神有些飄忽，沒堅持多久我就放棄抵抗這場打不贏的仗了，「喔，你說那個男的啊，嗯，但也不是重要的訊息，不急著直接看……」

「既然不重要，直接看也可以吧。」

我花了一段時間重新消化阿靖說的每一個字。

在我的記憶當中，除了危害到個人安全的問題以外，無論我和他在外人眼中多麼親暱靠近，始終有一條無形的界線擺在兩個人之間，尤其在我要求阿靖不要給出太多曖昧空間以後，界線更是加粗了幾倍，那時候的我用上好幾個月才得以接受瀰漫在體內的失落與空蕩。

然而比誰都還要捍衛界線的阿靖，卻說出百分之兩百會被歸類成越界的話。

「阿靖你……今天有點奇怪？」

說不定，這也是被那顆球帶起的某個效應的某個進程。

往這方面想，似乎也就不顯得奇怪了。

縱使如此，我也沒打算立刻拿出手機確認訊息內容，無論陳威倫傳來的內容是些什麼，即便只是簡單的問候，都會將狀況帶往更不簡單的方向。

「快回家吧，雖然阿姨應該不會擔心你，但再拖下去你就吃不到晚餐了。」

「今天我在妳家吃。」

「什麼？」

在我反應過來前，阿靖的衣袖已經刷過我的手臂，越過我，逕自打開門並且比我還早走進我家。

阿靖一旦堅持起來，無論我搬出多少方法抵禦，從來就只會有一個結果。

我無奈地拖著沉重腳步踏進門，阿靖正從廚房端出一盤還冒著熱煙的炒青菜，我的臉不由自主地爬上苦笑，暗自寬慰起自己，我花了這麼多年仍舊無法將對阿靖的喜歡稀釋，甚至背離期望地日漸加深，原因或許不單單只是我個人的意志力薄弱，更大的理由則是，我沒辦法用任何物理性的手段暫時阻隔阿靖，當然沒有時間也沒有餘裕加強感情的抵禦能力。

——試著忘記一個每天都會看見的人。

認真想想，簡直是違背自然法則。

「幫忙拿碗筷，不要站在旁邊看，每次看到阿靖，再看到妳，我都覺得到底是不是我的教育失敗。」

「到阿靖家我也會裝乖啊。」

扮了個鬼臉，我聽話地去準備碗筷，但當我的手碰到印有市松紋的藍色瓷碗時，胸口卻湧上一陣複雜。

我們家每個人都有屬於自己的碗，我的是粉橘色的小兔圖樣，藍色市松紋路則是阿靖的，更小的時候，我和他用的是印有可愛小鹿的同款塑膠碗，還有專用的小盤子；除了碗盤，爸媽買東西的時候，購物籃裡總會有幾樣阿靖喜歡的東西，並不是外出旅遊想到要替阿靖帶點什麼禮物，而是日常的，將阿靖劃分進家人範疇裡頭的那種自然。

就連我媽察覺我的異樣，也透過阿靖來向我尋求答案。

大概，在他們眼裡，這世界的任何一樣存在，包括他們自身，都可能成為困擾我的理由。除了阿靖。

「不用表現出很想跟阿靖家交換小孩的樣子啦，我覺得最大問題出在家庭教育，阿靖讓妳養大八成也會讓妳看不順眼。」

「妳這孩子實在是……跟阿靖天天在一起怎麼沒學到一點好的？」

「人不能只看表面。」我不懷好意地瞄了眼阿靖，「妳都沒看到阿靖弄哭女孩子的場面，簡直是……唉，我連回想都會發抖，我的戀愛路遲遲沒有開拓，八成是陰影太深，導致對愛情懷抱著根本性的質疑。」

聽完我的話，我媽用一種極度可怕的閃亮亮眼神直盯著阿靖，我有一種似乎看見阿靖的手抖了一下的錯覺。

他回話前不忘深深看了我一眼。

那是一種保證他會秋後算帳的眼神。

「對不喜歡的女孩子，我覺得越快讓她們死心對她們越好。」

「真是傲慢的傢伙。」

「林靜蕾。」

「怎樣？」反正都註定要被秋後算帳了，也不差這麼一點挑釁，「有人喜歡了不起嗎？」

阿靖瞄了我一眼，不知為何我有一種非常不好的預感。

只見他收回視線，非常勇敢地迎上我媽過度閃亮的雙眼。

「阿姨，有人在追林靜蕾。」

□

阿靖簡短又輕飄飄的一句話，卻替我開啟了炙熱的地獄。

我太低估他的殘暴，本來已經暗自做好「耍賴抵抗到底」準備的我，卻沒料到他竟施展借刀殺人，從頭到尾他就旁觀著我被我媽嚴刑拷問，還姿態優雅地吃了一碗半的飯。

最後他乖巧地洗了碗，毫無道義地拿起背包準備離開。

不行。

我無法跟已經魔化的媽媽獨處。

於是我飛快丟出「我今天睡阿靖家」，就扯著他逃離家門，毫無停歇地一路直奔阿靖房間。

直到門被關起，砰的一聲，理解我的處境之後，身體瞬間僵在原地，進退不得。

太過本能地依賴阿靖的我根本來不及思考，魔化的媽媽確實非常可怕，但對處於混淆動盪狀態而又意志力薄弱的我而言，阿靖才是最該遠離的對象。

只能先發制人了。

「我現在不想跟你說話，也不想看到你，給你一個贖罪的機會，房間歸我，你去睡客廳。」

我使出蠻力推著阿靖的背，想將他推出房間，然而他卻猛然轉身，反應不及的我狠狠地撲往他的胸口，承受不住衝擊力的阿靖為了護住我，不得不硬生生撞上牆壁。

阿靖的手緊緊抱著我，而我因為衝擊力道密合地貼著他的身體，在我混亂不已之際，卻聽見一陣不尋常的呼吸聲。

「阿靖……？」

我想抬起頭卻被他厚實的掌心壓下。

「別動。」

「你受傷了嗎？我——」

「不要動。」他又說了一次，「沒事，只是需要緩一下。」

「真的沒事嗎？」

這次阿靖只低聲「嗯」了聲。

我乖順地維持原狀，安靜地待在阿靖懷裡，像這樣的距離，越界的程度大概必須被抓起來法辦了，更別說並非我單方面貼著阿靖，每一秒我都能強烈感受到阿靖施加在我背後的力量與溫度，給了我一種，彷彿他無論如何都不會放開我的錯覺。

就算在踏進這間房間那瞬間，我也根本無法想像，自己竟能擁有像這般「連作夢都夢不太到」的一刻。

我強撐著睜眼不敢眨下，避免自己在一個短暫的眨眼之後，便發現一切不過是場幻影。

「我沒事了。」

「嗯？」

我感覺阿靖的手離開我的背，抽離那瞬間，襲來一陣強烈的失落；他輕緩地將我推開，我才發現雙腳因為維持相同姿勢太久而有些僵麻，花了一點時間才將距離拉開到「適當」的位置。

一抹苦笑不禁浮上我的唇畔，無論越界的理由是什麼，果然都會讓人產生不該懷抱的貪婪。

「你的背還好嗎？」

「嗯。」阿靖任由我拉著在床沿坐下，甚至在我掀起他的上衣時也絲毫沒有抵抗，「但妳以後飯還是少吃半碗好了。」

「看在你剛剛已經先撞了牆的份上，這次我就當作沒聽見。」

「床給妳睡吧，我睡地上。」

「就算你感覺沒事，但這種狀況怎麼可能還讓你睡地上，床給你，地板我睡。」

「嗯。」

聽到阿靖爽快的應聲，我的動作瞬間凍結在半空中，不可置信地瞪大雙眼，卻迎上他似笑非笑的表情。

他擺明是故意的。

毫無預警地讓話題跳到睡床或者睡地板，但重點是，不管是床或者地板本來就都不在討論範圍內，在他撞上牆之前，我明明是要把他趕到客廳去的啊！

「我去洗澡。」

「想逃嗎？」

「我的背還在痛。」

「你什麼時候學會這種卑鄙的招數了？說！誰教壞你的！」

阿靖揉亂了我的頭髮，以帥氣的姿態站起身，由上而下地望著我。

那眼神分明透露著「跟妳學的」，於是我果斷決定不再追究，而回歸到最核心的問題。

「真的沒事嗎？」

我沒料到阿靖的手居然從我的頭頂滑到了我的右耳，貼放上的掌心實在太過熱燙。

然而他一句話也沒說，只是搖了搖頭。

鬆開手之後便在我眼前劃出了一抹漂亮的弧度，踩著鵝黃燈泡披灑而落的光影，緩步踏離我的視野。

□

夜過了一半我依然沒有絲毫睡意。

軟硬適中的床、清爽的氣味，以及隨著微風掀起的窗簾縫隙溢進的月光，屬於夜的一切溫柔存在，都成了我無眠的理由。

床是阿靖每天睡的，味道是阿靖特有的，溢進的月光恰好讓我一偏頭，就能看見阿靖美好的輪廓。

於是我只能瞪著雙眼筆直盯著天花板，然而映入眼簾的卻是一顆一顆散發微弱螢光的星星，那是我十三歲那年纏著阿靖貼上去的貼紙。

那時候的我以為，只要能離星星近一點，願望就會更容易實現一點，我在阿靖的天花板排列了北半球的星座，在自己的天花板貼了南半球的星座，我還得意洋洋地告訴阿靖，北極星和南十字星一人擁有一顆，無論在哪裡就都能找到路了；我想，當初的我完全沒有想到，阿靖所在的北半球，看不見我擁有的南十字星，而我所在的南半球，也找不到屬於阿靖的北極星。

最後我還是忍不住側過頭望向已經入睡的阿靖。

床鋪和地板的高低落差簡直是偷看的最佳距離。

阿靖和我就誰睡床、誰睡地板的問題對峙了很久，彷彿嚴重到可以讓我們隨意將共睡一間房這件「小事」忽視，最後他多搬來了兩床棉被作為臨時床鋪，兩個人的對峙終於解除，直到關了燈，各自躺平之後，我才又發現我們同樣無視了阿靖爸媽今天不在家的這件小事。

從十七歲開始我就幾乎不在阿靖家留宿，無論是我或者阿靖，不得不一個人看家的時候，也都是阿靖到我家陪我，原因很簡單，因為我家有客房。

我慢慢回想更之前的狀況，才意識到，除了生病之外的特殊狀況，我幾乎從來沒和阿靖同房過。

所以我睡不著也是合理的。

側頭偷看阿靖久了，大概膽子也跟著大了，我乾脆翻過身，肆無忌憚地凝望著他。

我的手遊走在半空中，緩慢描繪著阿靖五官的弧線，劃過他長長的睫毛，高挺的鼻子，最後停在他的唇。

大概，月光之中摻進了某種魔幻的蠱惑。

小心翼翼地翻身下床，我動作輕巧地趴在阿靖身旁的空位，距離近得能清楚聽見他的呼吸，也清楚看見他胸口的起伏，我的舉止隨著夜的深度越來越大膽，幾分鐘前還只敢在半空中描繪的手，這次帶著輕輕地顫抖觸碰上他真正的輪廓，他的眉，他的臉頰，最後依然遊走到了他的唇。

我想起阿靖的擁抱。

即便那只是一場意外，卻同樣膨脹了我的貪念。

阿靖給過我許多被我稱為「女朋友專屬」的舉動，例如公主抱，例如揹著我回家，但終究能以過度親暱作為解釋輕輕帶過，況且我也明白，刻意將這些舉動歸類成「女朋友專屬」，還藏匿著我想掩去「妹妹」頭銜的私心。

妹妹同樣能合理的擁有公主抱，同樣能合理的讓哥哥揹回家，阿靖願意給我的每一份親暱，說到底都還是隔著一層緩衝。

然而今天的擁抱不同。

那樣的貼近，那樣的力度，那樣的炙熱，連一公分的緩衝都塞不進去。

心臟的某個地方彷彿被咬破了一個洞口。

有些什麼，我不能控制的，悄悄地蔓延開來。

我的手還停在他的唇畔。

不知道是我的手太涼，或者是他的唇太燙，我竟感覺指尖滲進細微的痛感。

月光實在太迷濛了。

忽然我傾身向前，將唇貼上他的，觸碰到他的溫度那瞬間我才驚醒自己究竟做了什麼。

我倉皇地退開，手緊緊摀著唇，所有的思考能力都被抽離，下一刻如洪水般竄進腦袋的只有一個念頭：快點逃跑。

於是我慌亂地逃離房間，反手將門緊緊闔上，我的背抵著冰涼的門板，雙腳癱軟無力地滑坐在地。

一抹巨大的問號逐漸在我體內膨脹。

用力擠壓著我的五臟六腑。讓失真的夜晚一下子充滿了現實感。

「我到底……做了什麼？」

一個早上我就弄翻了兩次水杯，拿錯了三次東西，還拐到四次腳。

越想表現鎮定，就產生更多紕漏，但我仍舊奮力抵抗內心的慌亂，直到我第五次拐到腳，阿靖終於無法袖手旁觀，伸手抓住我的手臂，擺出「進到教室前我都不會鬆手」的姿態，完全不留掙脫的餘地。

現實果然與期望背道而馳。

但我總是想在現實的夾縫中尋找出口，心神不寧地度過兩小時的課之後，我拉著小宛作為盾牌，嚴正地向阿靖表示我要前往圖書館拯救我即將崩毀的本科，正當我自認無懈可擊，即將突破名為阿靖的暴風圈時，卻被一道強烈氣旋猛力扯回暴風中心。

「我可以幫妳複習。」

「這種程度不用阿靖出馬，小宛就可以了！」

阿靖沒有反駁，也沒有打算僵持，直接將視線轉向小宛，直截了當地拋出一道題目，以實力輾壓我不堪一擊的藉口。

簡單。粗暴。但攻無不克。

然而我也只是想找個安靜角落，好好消化昨夜的……意外。

「走吧。」

「我突然——」

「突然怎麼樣？」

「沒，沒事，走吧，大家一起去圖書館拯救未來吧。」

至於幾分鐘之後的我，要如何熬過阿靖近距離的教學，這樣的事已經超出我腦袋能負荷的運轉，走一步是一步了。

何況，大多時候也由不得我們不往前走。

「妳跟妳的青梅竹馬又怎麼了？」

「我們有怎麼樣嗎？」我扯開一個難看的笑容，「沒看到他主動說要幫我複習嗎？我們感情多好啊……」

「妳不是都是快爆炸了才求他惡補嗎？上上星期期中考才結束耶。等一下，剛剛是妳先說要去圖書館念書的吧，那就百分之百有問題啊，說，到底怎麼了？」

「世界都要毀滅了，誰還在乎毀滅的理由……」

我無奈地嘆息，確實，連小宛都能輕而易舉地察覺異樣，更遑論是從起床後便全程目擊我不自然表現的阿靖。

自從前陣子阿靖追問我的異狀起因開始，我多少也能感覺到他對我的關注也多了一點，雖然我沒有兄弟姊妹，但阿靖的反應大概就跟一般家庭裡的哥哥一樣，一旦牽涉到妹妹的戀愛問題，就會展現一種莫名其妙的態度。

我不自覺伸手觸碰唇畔，昨夜的慌亂仍舊盤踞在我的心尖，戀愛問題，我想，確實是個複雜難解的問題。

「妳說要來圖書館是因為跟他有約嗎？」

「什麼？」

阿靖冷淡的聲音突然砸落，我有些狀況外地順著他的視線望過去，不偏不倚地迎上對方那抹帶著訝異與喜悅的笑容。

……陳威倫？

「我——」

想對阿靖解釋，但我的聲音卻停頓在半空中，我本來想告訴阿靖，同校學生在圖書館前碰上是件自然的事，但我突然想起昨天誘發一切意外的起因——陳威倫的簡訊。

我還沒讀取簡訊，然而內容大概已經無所謂了。

「我以為妳不會來。」

因為他這麼說。

□

阿靖走了。

臨走前還留給我一個濃黑而複雜的眼神，彷彿我方才所有對他同行的抵抗，都是為了赴約見陳威倫的鋪墊。

察覺狀況不對的小宛也以佔位子為由，快步走進圖書館，留我獨自面對陳威倫。

仍舊沒有完全理解狀況的我，面對他的欣喜也只能以尷尬的微笑模糊帶過。

「妳跟妳哥哥和好了嗎？」

「如果你問的是淨灘那件事的話，已經沒事了，不過大概沒有人能比我更擅長惹他生氣了，所以……」

我聳了聳肩，決定跳過這個話題。

「既然是兄妹，吵吵鬧鬧的感情反而會更好，況且，如果是這麼討人喜歡的妹妹，作為哥哥應該也沒辦法生太久的氣。」

「嗯，這段話讓我有點尷尬。」

陳威倫扯開爽朗的笑容，認同地點了兩下頭。

側過身，我以動作示意他往圖書館移動，我並不討厭陳威倫，也不抗拒和他相處，然而我卻發現自己時常落入一種承接句點後，便找不到下一階段入口的困境。

我一直以為能承接阿靖所有句點，並且毫無滯礙地開啟另一個話頭的自己，至少不會陷入沒有話題的狀況；也許這就像是小宛所說的，人總是習慣以身旁熟悉的人事物作為衡量自身同時定義世界的基準，而那往往都太過狹隘。

在踏進圖書館前我的步伐突然頓住，定格一般地望向他，不知為何，話就這麼拋出來了。

「我跟阿靖不是兄妹。」

「什麼意思？」

「字面上的意思。被當作兄妹的時候，我和阿靖都不會特別解釋，因為在大多數的人眼中，兄妹關係比青梅竹馬簡單多了。」

「為什麼突然向我說明你們的關係？」

「我也不知道。」我不自覺蹙起眉心，「只是突然覺得，有些時候我認為理所當然、或者不需要特別說明的事，說不定哪天，在某個人的心中就變成謊言；其實也不是沒有發生過，有個喜歡阿靖的女孩，因為我是阿靖的妹妹所以對我非常好，在她發現我跟阿靖其實是青梅竹馬之後非常、非常地生氣，拚命指責我說謊。無論我有沒有說謊，她都感覺被我欺騙，大概是我太遲鈍，直到現在我才明白，重點並不是我有沒有說謊，或者我想不想說謊，而是對方認為我有沒有說謊。」

像是阿靖，將我喜歡另一個人的謊言視為事實。

卻又將我未曾懷有的心思，當成了謊言。

「我知道你們不是兄妹。」

「是嘛……」

「淨灘那天知道的，一起去的那個女孩告訴我的，她說，有些很重要的事在妳眼中一點也不重要，所以容易造成誤會。」

「她說話不會這麼委婉。」我扯了扯唇角，雖然想拍拍他的肩表示友好，但想想還是算了，「你可以原話直說，嗯，老實說你修飾過之後，我其實聽不太懂。」

陳威倫忍俊不住，爽朗的笑聲落在安靜的走廊中央，似乎帶來輕輕的迴響。

「她說，妳偶爾有點缺乏常識，特別在關於感情的問題上，有些時候，妳認為很自然，或者不需要特別解釋的部分，卻恰好是對方最在意的環節，例如青梅竹馬，在戀愛中是讓人感到最棘手的存在，不管妳的想法是什麼，青梅竹馬都不會是能讓人放鬆的對象。」

我想，他應該還是進行了好幾個層次的修飾了，就我對馬尾女孩的認識，她的原話大概更近似於「她在感情問題上特別缺乏常識，根本沒意識到青梅竹馬在對方的戀愛對象眼裡有多刺眼，就算她不喜歡學長，也不會讓她變得比較順眼」。

不知道「青梅竹馬」跟「前女友」，哪一個比較討人厭？

但這樣類比我就能感同身受了。

「小靜。」他忽然認真地喊出我的名字，「妳今天出現在這裡，我的期待能稍微多一點嗎？」

我的動作瞬間僵住。

甚至說不出「我不明白你在說什麼」這句話。

「沒收到妳的回覆，對我來說雖然在意料之中，但還是想抓住一點希望，所以我還是來了……我只是想告訴妳，見到妳，我很開心。」

我只能給出曖昧的應聲。

總感覺狀況似乎往我不能控制的方向疾駛而去，我下意識咬住唇，思緒轉了一圈，最優先順序還是得先確認他傳來的簡訊內容，在那之前，多和他相處一秒鐘，就可能多出一分不尋常的發展。

「我、我朋友還在等我……下次有機會的話，再、再一起愛護地球之類的……」

「好。」他乾脆地應允，接著拿出繫有蝴蝶緞帶的水藍色糖果袋，遞到我面前，「說好要給妳的，不過我先招認，包裝跟緞帶都是請我妹幫忙的。」

我真的不知道我跟他說好了什麼……

伸手接過糖果袋，突然感覺自己的掌心沉甸甸的，我非常誠心地向他道謝，卻換來他意味深長的笑。

匆匆和他說了再見，我的腳步幾乎擦過小跑步的邊緣，拐進不遠處的樓梯間，我忙亂地掏出手機，急切地翻找出昨天的訊息。

「朋友送了一盒巧克力，明天我能到校本部，不知道妳會不會願意幫我吃掉一點？假使決定的時間不夠，不回覆也沒關係，我一樣會待在圖書館。我想，如果櫃上暫時沒有大福，是不是能從湊齊製作原料開始？」

當我讀完內容，我整個人不由自主貼靠在冰涼的牆面上，反覆咀嚼消化字與字串聯而起的意義。

——見到妳，我很開心。

陳威倫溫暖厚實的嗓音彷彿環繞在我的周旁。

直到手機螢幕的光亮熄滅，我都還不能完全理順現狀，視線落在前方的落地窗，只感覺自己的思緒如披蓋上日光的樓梯間一樣，朦朦朧朧。

□

也許人就是會像這樣一層一層陷進更糾結複雜的狀態裡頭。

熬過了這一秒，但下一秒仍舊會延續上一秒的狀態，人生並不存在一道止水閥，手一扭就能阻斷感情的瀰漫，大多時候的我們，至多只能設法找些什麼來抵擋，竭盡全力地不讓感情潰堤。

我站在叉路中間，來回張望著左邊以及右邊，即使一旁豎立著路標，但其實我們也不真的能掌握路途的終點是否確實能抵達路標上的地點。

例如路標上一開始明明寫著「友情」，於是我們便毫無戒備地往前走，但走著走著發現四周的風景逐漸與預期的畫面錯開，等到我們再度停下腳步，試著再確認一次路標，卻赫然發現上頭的標示居然變成了「愛情」；我們也許會猶豫，接著轉身想走回起點，卻才知道，這條小徑只供前行而拒絕讓任何人後退。

我們陷入進退不得的局面，但其實從來就沒有選項，無論我們多早或者多晚才讀到，路的規則打從行人踏進的那一刻起，便沒有更動的可能了。

拖著腳步我踏上右邊通往側門的柏油路，理由很簡單，側門離阿靖的活動範圍比較遠。

我重重地吐氣，懷抱著想將胸腔裡的空氣擠壓殆盡的心思，用力地，讓自己慢慢逼近缺氧的暈眩。

大概，我就是像這樣，用著不自然的呼吸方式，一步一步踩進不自然的境況。

我很清楚，百分之九十的責任在我，我可以努力向阿靖解釋，也可以立刻告訴陳威倫我根本沒點開簡訊，但我沒有，明知道應該這麼做卻沒有做，簡直像是期末考前一天，瞪著書和筆記，理智一再警告自己必須讀書，我卻軟弱地投向情感的慰藉，無論是玩樂或者補眠，總之最正確的選項，被我遠遠地推開了。

即便能預知後果，但那總是之後的事了。

苦果往往來自一念之差。

結論就是「活該」。

我扯著頭髮，想從渙散的思緒裡頭抓取到一絲清明，然而在我如願之前，我突然感覺右腳傳來異樣，還沒完全反應過來，我的身體已經失去平衡，啪地一聲，疼痛感瞬間竄上，我吃痛地摀著腳踝，第一時間的反應居然是苦笑，我苦中作樂地想著，這確實是拉回渾沌思緒的最快方法。

「學姊，妳沒事吧？」

一道輕甜的嗓音從右側傳了過來，我有些艱難地扭過身，不禁暗嘖了聲，我都快習慣她總會出現在每一個意外現場這件事了。

我表情自然地站起身，俐落地拍去長褲上的塵土，而她則走到我面前，神色透著欲言又止。

「這種表情不適合妳。」

沒有等她接話，我就錯過她的肩繼續往前走，只慢了一拍她就立刻跟了上來，不急不緩地落後我半步，但正是這種既不追平也不放棄的姿態，讓我感到莫名煩躁。

跨過第二個路口後她終於跨越最後半步。

「我的收斂就到今天為止了。」

「妳想做什麼不需要跟我報備。」

「我一直很在意學長對妳的態度。」

「所以呢？」

「就算妳一直告訴我，妳跟學長之間沒有男女感情，但我沒辦法接受，至少在我的常識裡沒辦法接受，每次看見妳跟學長相處，我都會感覺你們之間好像有什麼不一樣的關係，不是青梅竹馬，也不是像家人一樣，我一直覺得那說不定是因為妳或者學長，至少有一個人喜歡對方，說不定只是還沒發現……」

「妳到底想說什麼？」

「我只是……」她頓了下，表情像是下定決心一樣，「妳被送到醫護室那天，一整個晚上我都在想這件事，雖然覺得對妳很過意不去，但我突然感到放心了，因為我終於找到學長對妳的那一份特殊的理由……」

——因為妳的左耳聽不見，阿靖才會對妳特別好。

她花了那麼多力氣，拐著彎想說的，就是這一句話嗎？

「但我還是想再問最後一次，學姊妳，真的不喜歡學長嗎？」

我的手不由自主地握緊，抿著唇，胸口彷彿被扎進一根尖銳的刺，隨著呼吸，一點一點沒入心臟最柔軟的位置。

「妳這樣一再追問，是希望我更改回答嗎？」

「當然不是。」她用她那雙濕潤又閃動著光彩的眼眸認真地望向我，「但所有跟學長有關的事，都會讓我感到不安，特別是學姊妳。」

她的聲音輕軟而強悍地拋擲到我的面前。

「我很清楚，以現在的狀態，只要學姊想抓住學長，甚至不需要抓住，而是阻攔我靠近學長，不管我多麼努力，都不會有勝算，正因為知道沒有勝算，才會一而再、再而三地向妳確認。」

「沒有勝算妳就會放棄了嗎？」

「不會。」馬尾女孩連一秒的猶豫都沒有，「即使一開始就明白完全沒有勝算，我也不會放棄，雖然會非常難過，但對我來說，放棄才是真正的一敗塗地。」

我突然想起已經很長一段時間沒下雨了。

牆角邊的盆栽呈現一種萎靡的姿態，即使澆灌了充足的水分，但總有些什麼是只能從雨水裡頭得到的。

看似沒有兩樣，但正是細微的差異，讓「看似沒有兩樣」的事物永遠無法取代另一方。

盯著那株盆栽久了，總感覺自己的喉嚨也乾渴得灼燙，我走進廚房，從冰箱中拿出前一晚泡好的麥茶，冰涼的液體舒緩喉嚨的瞬間，我的餘光看見阿靖走近的身影。

「我媽讓我拿水果過來，她同事送的。」

「要喝麥茶嗎？」

我倒了杯麥茶給他，接著兩個人就懷著某種微妙的氣氛在沙發的左右側坐下，過去未曾有過的凝滯悄悄蔓延，我捧著玻璃杯，感覺掌心濕濕潤潤的，想拋出話頭，卻找不到適當的字句。

適當。

沒想到竟然會有一天，我必須拿捏適當內容才敢對阿靖開口。

從那天之後，阿靖一次也沒再提起過陳威倫。

他一反常態地追問，又一反常態地略過，我忽然想，也許我和阿靖之間擺著一面鏡子，他的反常其實是我的舉止的反射，至少我還能理解阿靖每個反應的起點，但在他眼中，我的一舉一動大概都披蓋上名為莫名其妙的薄紗。

但我也確實越來越無法掌握自己的感情。

不知道從哪個環節開始，我的期望、我的舉動，以及延伸的現實，再也無法好好的貼合。

「我最近在讀《格雷的畫像》，希珀自殺那一段，我一直沒辦法理解，雖然能想像被拋棄的痛苦，但像這類為了愛犧牲一切，或者放棄生命的橋段，無論劇情鋪排得多感人，我還是沒辦法完全接受。」

「沒辦法接受就不必去接受，倒不如說這樣比較好，不管妳多喜歡對方，我還是希望妳能只考慮妳自己就好。」

「只考慮自己，還能稱得上是愛情嗎？」

「那不在我的考慮範圍內，就現實面來說，如果必須受到傷害才能體會到愛情，這種愛情的定義本身就存在問題。」

「阿靖，我真的能只考慮自己就好嗎？」

側過頭我深深地凝望著他，阿靖的雙眼總是顯得極其幽深，很多時候我以為讀懂了他，但或許我只是從來沒看清底下藏匿的真實。

掌心的濕潤逐漸從冰涼轉為溫熱，玻璃杯裡的麥茶錯失最美味的時間點了。

但我想，即使搶在最美味的瞬間一口氣喝下麥茶，在這種時刻，也不會產生任何跟美味有關的感想。

重點不是一件事物的狀態有多麼完美，而是、那是不是對的時間點。

「如果，我做出的決定會傷害到你，你也還是會要我只考慮自己就好嗎？」

「妳想從我這裡得到什麼答案？」

是啊，我想得到什麼答案？

聽見阿靖說沒關係，就能心安理得地霸佔他了嗎？

「只是問問啊。」我一口氣灌完手裡的麥茶，若無其事地揚起明朗的笑容，「就算問題的內容一點意義也沒有，但不代表答案沒有意義啊，不管真實狀況怎麼樣，都會想聽見『為了妳，我願意承受一切傷害』這種話吧，不過阿靖從來就不會滿足我這方面的虛榮呢。」

阿靖很果斷地無視我的話，我反而呵呵地笑出聲來。

斂下眼，我的視線落在已經空了的玻璃杯上，依然維持著輕快又帶點無所謂的語調。

「就是這樣才會憧憬戀愛啊，聽說人呢，陷入戀愛的理由通常都是為了追求現實中得不到的期望，人其實分不太清楚戀愛的起點到底是『喜歡對方』，或是『喜歡戀愛的感覺』，這也沒辦法吧，沒親自試過才不可能知道，可是戀愛又不是擺在賣場架上的商品，能夠試用或者有七天鑑賞期，就算是體驗，也需要付出代價，而且還是完全不知道會被索取什麼樣的代價。」

我不自覺握緊玻璃杯。

掩去所有理智的叫囂與勸阻。

「這段時間呢，我也很想弄清楚自己對陳威倫的感覺，到底是好感還是對戀愛的憧憬，但一直沒辦法得到答案，繞了一圈我才發現，我根本搞錯起點了啊，我本來就不知道好感跟戀愛的憧憬差別在哪，不管花多少時間和力氣，也根本不可能分辨得了啊，我也想過那要不就乾脆直接談一場戀愛好了，但阿靖你也知道我其實很膽小，所以——」

所以。

我深深地呼吸。

「所以，我在想啊，如果阿靖願意陪我談一場戀愛，說不定我就能分辨出喜歡跟憧憬了。」

□

阿靖的沉默持續很久。

久得、讓我的指尖不由自主地顫抖起來，抿著唇我幾乎要收回方才的提議，一如既往以笑鬧掩蓋住我的真心。

只差那麼一點。

就聽見阿靖低啞的嗓音緩慢吐出全然不在我預期內的話語。

「如果妳不是開玩笑，我可以給妳一星期。」

我不敢置信地抬頭望向他，甚至不確定自己的臉上此刻究竟是什麼表情，阿靖的回應輕易地打亂我的心思，得到期望卻又在預期外的答案之後，我突然不知所措。

甚至，我連「你說的是真的嗎？」也不敢問出口。

思緒轉了一圈，跳過了確認，伸出手直接承接擺在眼前的應允。

「阿靖，知道怎麼談戀愛嗎？」

「不知道。」

我想，我真是一個卑鄙又自私的人。

花了那麼多年，一次又一次告誡自己必須將喜歡仔細彌封，也一次又一次推演關於、如何帶著微笑迎來阿靖牽起另一個人的手那天，用著冠冕堂皇的理由，包裹著我的懦弱，我對自己說，不能阻礙阿靖的戀情，不能讓阿靖為難，不能破壞平衡，不能……

直到這一瞬間，我的自欺欺人被擊得粉碎。

結果，我也不過只是害怕失去阿靖，害怕承擔喜歡落空的痛楚。

此刻的我甚至萌生出強烈的惡念，假使，能像這樣霸佔著他，我不在乎成為一個更卑鄙、更可悲的人。

阿靖的愛離得那樣近啊，彷彿散發著斑爛光彩的寶石，他還給了我可以碰觸、可以短暫持有的許可，人呢，貪念就是像這樣一點一點加深，一點一點侵蝕著內心，得到了一點，就想要更多，擁有了一秒鐘，就想要再延長一秒鐘。

何況他給了我一週。

「不知道要怎麼開始談戀愛？」我垂下眼，輕輕地笑出聲，「但是，每個人一開始應該都不知道怎麼談戀愛吧，只是因為有了喜歡，自然而然就那樣了……所以，阿靖，這一星期你就像對待喜歡的人一樣對待我吧，我也會把阿靖當作喜歡的人。」

他的回答依然間隔非常久。

彷彿每一次應允，都必須經歷長長的掙扎，然而無論他的心頭流轉過如何的思緒，最終總會應下我的要求。

——我終於找到學長對妳的那一份特殊的理由。

馬尾女孩清亮卻尖銳的話語，忽然，像破空而出的箭矢，狠狠射入我的心臟，意識上的疼痛彷彿真實主宰了我的每一寸血肉，我忍耐著劇烈的不適，握著玻璃杯的手指用力到泛起大片的白；然而我卻依然不管不顧，不看阿靖的緊繃，也不理會阿靖的猶疑掙扎，視線只膠著於那份，長久以來我總是可望而不可即的感情。

即使阿靖對我的好，理由是因為我的左耳，那也無所謂了。

「那麼，從明天開始吧，就算是角色扮演也需要換裝的時間，何況是一點演技都沒有的我們，嗯，總是要有一點醞釀，大概就像宣告『明天我就要開始喜歡你了』一樣，雖然不知道喜歡一個人需要做什麼前置作業，但總之還是做點什麼前置作業吧。」

我垂著眼，刷地站起身，視線落在擦得異常乾淨的玻璃桌面，那上頭有著客廳擺件的倒映，清晰卻帶著扭曲。

「阿靖還要麥茶嗎？」

「不用了，我該回家了。」

「嗯。」我輕緩地應聲，抬起眼，讓表情染上明亮的甜笑，「打勾勾，剛剛答應我的事絕對不能反悔。」

我伸出小指，讓手懸在半空中，準備用第二道承諾捆綁住阿靖。

這次他的猶疑並沒有太久，他抬起手，扣上我的小指，屬於他的熱度瞬間竄進我的指節，浸潤著我的靈魂。

「我們，說好了喔。」

從頭到尾，我都沒有給他反悔的餘地。

武斷地，迫使他必須，將愛情出借給我。

□

阿靖的溫度彷彿在我小指指節燙出一抹紅。

我既想扭開水龍頭以大量的冰水消弭那刺痛的熱燙，卻又貪戀他留下的體溫，甚至連疤都希望佔有。

矛盾又拉扯的情感幾乎要將我撕裂，一切的一切，不僅僅是小指的痛，而是我的自私，我的心疼，我的愛戀，我的懦弱，我的快樂與悲哀，在我身軀裡頭瘋狂旋轉，撕咬著我的每一寸血肉。

明明應該開心的。

阿靖離開後我的眼竟眨落了眼淚。

我甚至連方才他待過的屋子都沒辦法承受。

從家中逃離後，我思緒複雜地在街上來回遊走，最後我走進喧囂的遊戲場，這裡的每個人都在嘻笑，但我想，即使我嚎啕大哭，也不會引起任何一個人的關注。

我一把抓起槌子，像要擠壓出體內所有情緒般瘋狂擊打著地鼠，卻因為太過激動一再落空，槌子落在空洞的反彈震得我的手又疼又麻；像是終於替自己找到合適的理由，我咬著唇，眼淚大把大把地落下，一次又一次投進代幣，一次又一次瘋狂擊打著無辜的地鼠，我幾乎分不清，自己究竟是想宣洩，又或者是想懲罰自己。

不知持續了多久，我再也拿不出下一枚代幣，動作才剛暫停，疼痛便從雙手快速地攀沿而上；我像被抽乾力氣般蹲坐在地，胡亂將臉上的水痕抹去，遊樂場一樣喧囂吵鬧，客人一樣嘻笑打鬧，但我卻明白，我和阿靖之間，再也無法走回原點了。

「小靜？」

我迷茫地抬起眼，慢了幾秒我才反應過來，站在我面前的人是陳威倫。

略過他伸出來的手，我撐著地板獨自站起身，陷入這種處境，除了阿靖外，此刻我最不願面對的人大概就是他了。

並非在意我的狼狽模樣，而是我徹底明白，自己和他再無發展的可能。

「剛剛經過遊樂場，覺得裡面的身影很像妳，所以就過來確認了。妳，還好嗎？」

「我沒事。」我輕扯了嘴角，沒有解釋的打算，「我差不多該回家了。」

「我送妳回去吧。」

想開口拒絕，卻又把話嚥了回去，無論是拒絕或者道歉，這都不是個好時機。這樣溫柔的一個人，必須更慎重認真地對待。

於是最後我只說了聲謝謝。

他沒有追問，也沒有刻意搭話，只是安安靜靜地陪我踩著影子，反覆踏進光與影。

「我總是在麻煩你。」

「這對我來說不是麻煩。」

「但人的感情一旦太過傾斜，所有的判斷都會偏離軸心，這並不是很好的發展方向。」

「所以，妳的軸心已經偏移了嗎？」

我停下腳步，沉默地望向他。

陳威倫以十分懇切的眼神注視著我，清朗的嗓音像風一樣撫過我的臉頰。

「我明白有很多時候狀況不能如人所願，但要不要繼續下去，是一種選擇，也許妳的軸心已經偏移，但我的或許也是，像妳說的一樣，所有的判斷都會失準，只是，擺在中央的標準又是什麼呢？」

他把掌心攤放在我的眼前。

彷彿要承接街燈的光，又像是要給予些什麼。

接著我便聽見他說：

「妳覺得，我伸出手來，是想給出東西，還是想得到東西呢？」

他輕輕地笑了。

這瞬間，我幾乎要懷疑我從來就沒認識過眼前的這個人。

「我也是懷有目的的。」

他沒說出口的話，卻清晰地拋擲而出。

——像妳一樣。

II

今天是第一天。

我忐忑地徹夜輾轉無眠，從掀開棉被下床，到轉開大門門把並踏出家門那瞬間為止，我都還無法清楚定義內心的情緒。

然而見到等在門邊的阿靖那一瞬間，我忽然感覺，一切或許並不那麼重要了。

他的喜歡，從這一秒鐘起，暫時貼上了我的標籤。

「你總是不進門等。」

「看到我坐在沙發上，妳的動作就會放慢一倍。」

「阿靖說的話總是讓人沒辦法反駁。」

「走吧。」

先說出「走吧」的那一個總是他，但先踏出步伐的卻都是我，從前我一直以為他不過是為了配合我的速度，後來我才察覺，他配合的不僅僅是我的速度，還有我的方向。

我第一次清楚感受到阿靖的退讓是在高二的夏天。

阿靖的足球踢得非常好，從高一開始就是校隊主力，每天放學後他總是花很長的時間練習，越靠近比賽就操練得更嚴酷，但我始終記得，那時他的眼神像恆星一般閃閃發亮。

直到我出了車禍。

那時阿靖非常匆忙地趕來醫院，儘管我一再強調只有擦傷，他卻還是在我的床邊守了一整夜。

從那天之後，阿靖每天放學都會陪我回家，跟過往的順路不同，我知道那大概是車禍的連鎖反應。

——還有一個月就要比賽了，可以這樣一直請假嗎？

我這樣問過他，卻得到曖昧不清的應聲。

然而足球隊隊長卻心急地追問我阿靖退隊的理由，我才終於理解，車禍帶來的後果有多嚴重。

車禍的原因是我對機車喇叭聲反應太慢，閃躲時又因為平衡感不佳而摔下邊坡，一想到這裡，我想勸說他歸隊的聲音便遲遲無法擠出來。

遲了那麼多年，我竟然在那一瞬間才終於明白，我左耳聽不見這件事，對阿靖造成了多麼巨大的影響。

也從那天起，我再不敢輕易對他提出要求。

正因為清楚他會不計代價地替我實現，才讓人連微小的請求都不敢遞出。

我不禁苦笑，小心翼翼那麼多年，結果現在的我居然一口氣就提出讓他最為難的要求。

「這樣跟平常一點差別也沒有。」

阿靖沒有接話，我的視線筆直盯著前方，連零點一秒的餘光都不敢滑過他的臉，害怕看見他不經意蹙起的眉心，或者眸光一閃而過的為難。

簡直自欺欺人到了極點。

在我的感情來回拉扯之際，靜到不可思議的街道輕輕刮起了一道風，然後，我的身體不自覺僵直起來，連呼吸都不敢加重。

阿靖牽住了我的手。

灼燙的熱度毫無阻隔地滲進我的掌心，我和阿靖並不是第一次牽手，但卻是他第一次主動握住我的手。

我的心尖不由自主地顫動著。

「戀愛的開始都像這樣嗎？」

「不知道。」

「如果現在阿靖牽著的是你喜歡的女孩，你心裡會想些什麼呢？」

阿靖在校門口前停了下來，緩慢鬆開我的手，一陣失落旋即包裹著我，果然人的貪婪是會膨脹的。

我捏了捏還留有餘溫的掌心，醞釀著道別的開端，才剛抬起頭，卻察覺他的手輕輕撫過我垂落在頰畔的髮，用太過溫柔的姿態將我的頭髮塞往耳後，結束一連串動作後他再度退回原位，彷彿一切都是我的錯覺。

「大概像這樣吧。」

「什麼？」

「對喜歡的女孩子。」

我的視線詫異地落在他的臉龐，心中紛亂並且躁動。

踮起腳尖，我凝聚起所有的勇氣，抬手環住他的脖子，然後、試探一般地將身體貼上他的。

擁抱。

對我和他而言太過越界的擁抱。

這一瞬間，站在不起眼角落的我們，在他人眼裡不過是一對再普通不過的情侶吧。

然而，越是平凡普通的追求，往往越難以企及。

「我一直在想，如果有一天能像這樣抱著喜歡的人那就太好了。」

□

恍惚感還殘留在我的體內。

陽光比想像中烈了一點，走在毫無遮蔽物的小路，我感覺額際佈上一層薄汗，才剛舉起手想拭去水霧，動作就被另一道更燒灼的目光定住。

「妳一直在說謊嗎？」

「我聽不懂妳的意思。」

「早上，抱著學長的那個人，不是妳嗎？」

「所以呢？」

「妳說過妳不喜歡他！」

「只有喜歡的人才能抱在一起嗎？」

「當然不是，但只有喜歡的人才會用那種方式抱在一起。」

我知道。

所以才會像那樣緊緊抱住阿靖。

至少這一週，他是屬於我的。

然而我確實撒了謊，即使馬尾女孩完全沒有質問我的立場，我也沒打算和她起衝突。

「有時候看到的，不一定代表事實。」

「那妳說啊，事實到底是什麼？」

我靜靜地瞄了她一眼，連一個字都不想多說，逕自錯過她的身，繼續我的移動。

馬尾女孩一直是個不放棄的人，她如我意料地跟了上來，跨越一個草地之後，她卻出乎我預想地停了下來。

我的腳步沒有受她的舉動影響，但下一秒，她拋出來的每一個字，每，一，個，字，都像這世界打磨得最銳利的刀刃，血淋淋地刺進我的心口。

「如果妳跟學長之間的擁抱不是喜歡，那麼，是他對妳的同情嗎？」

我停了下來。

轉過身，以降到冰點的視線掃過她那張因激動而染著紅暈的臉龐，她倔強地直視著我，沒有打住話語的意思。

「不反駁嗎？」我分不清她聲音中隱約的顫抖，究竟是憤怒，還是對於正殘忍刨割一個人的舉動感到害怕，「因為妳一邊耳朵聽不見，就自私地把學長對妳的好，拿來填補妳的殘缺嗎？」

我突然笑了出來。

分不清是想反擊她，又或者想毀壞自己，我輕緩地將頭髮塞往耳後，露出那隻長久以來被刻意忽視的左耳。

「就算是，那妳又能怎麼樣呢？」

「妳——」

「反正我的左耳聽不到是事實，一輩子都改變不了，既然如此，我也沒什麼好擔心的。」

「妳怎麼可以這麼卑鄙！妳這樣做，會毀掉學長的妳知不知道？」

我沒有承接馬尾女孩的這個問號。

斂下眼，斷然地轉身。

「無論如何，不管是我，或者阿靖，都跟妳沒有任何關係。」

維持著相同的步伐，彷彿一切都未曾發生過，但我才往前走了三步，眼淚便安靜地自眼角滑落。

馬尾女孩猜錯了，阿靖對我並不是同情，而是愧疚。

胡亂抹去頰邊的水痕，卻發現自己的去路再一次被阻擋，對方的影子遮去了灼燙的日光，我抬起頭，恰好迎上他蹙起的眉心。

「為什麼哭？」

「太陽太大了，我覺得難過。」

阿靖沒有繼續追問，而是往前踏了半步，伸手將我攏進懷裡。

我詫異地想抬頭，卻被他輕輕地壓制。

「如果遇到喜歡的人哭的時候，應該會是這種狀況吧。」

「阿靖。」

「嗯。」

「有沒有一種可能，就是，這個星期過了之後，我再也找不到一個比阿靖對我更好的人了，然後，可能就再也談不了戀愛，萬一這樣該怎麼辦？」

「等妳遇到真正喜歡的人之後，他是不是對妳最好的人，就不是最重要的事了。」

「也是。」

我閉起眼，呼吸之間充滿阿靖的氣味，他的心跳震動清晰得彷彿能左右我的心跳，我回抱他的腰際，用著極輕極緩的語調。

像夢囈。

也像催眠。

「畢竟，我們現在只是在假裝喜歡對方罷了。」

□

我假裝自己的喜歡只是一種假裝。

所謂的迴圈，說不定就是這麼一回事，在裡頭繞著繞著，從某一刻起或許就分不清起點與終點。

既然看不清自己，那麼就不要看清吧。

假裝這一星期是真的，像辛蒂瑞拉得到的魔法，在失效之前，所有的一切都是真的。

「我列了一張清單，雖然不太可能在一個星期內全部達成，但列出具體目標後時間才不會被浪費吧。」

阿靖接過筆記本，沉默而認真地讀著。

筆記本上列出的項目不多，我還畫上不同顏色表示想達成的期望強度，例如一起看電影，又例如到遊樂園牽著手搭雲霄飛車。

昨天在兩點鐘的深夜裡就著檯燈光線列著清單時，我的思緒一直縈繞著極複雜的迷霧，其實百分之九十的內容我跟阿靖都一起做過，從小到大我跟他一起看過的電影數都數不清，他也被我拉著去遊樂園不下十次，我很清楚，重點從來就不是做些什麼，而是身旁的人是誰，以及、兩個人處於什麼狀態。

然而，我也才意識到，原來我跟阿靖共有的記憶已經滿出我能負荷的程度了。

「人一旦喜歡上了某個人，就不可能有什麼平衡，選項只有越來越喜歡他，跟越來越不喜歡他兩種，如果幸運的話最好是往不喜歡的方向走，但莫非定律就是這樣，想要維持友情的人，要嘛就是暗戀個五年八年，要嘛就是在某個忍受不住的時候，又突然把喜歡說出口……」

差點我就笑了出來，小宛說的每一個字，居然都精準地應驗。

也許，誰都比我看得更清楚。

「妳如果只是想出去玩，不需要集中在這一週，而且妳前陣子才說最近沒有妳想看的電影。」

「才不是。」我作態地哼了聲，表達我對他的不滿，「跟朋友去看電影和跟喜歡的人去看電影才不一樣，每一件事都是，你平常陪我到學校會像昨天一樣牽我的手嗎？重點是，現在要陪我完成清單內容的人，是我喜歡而且也喜歡我的人。」

「是嘛。」

「不然阿靖覺得，談戀愛的人，會做些什麼跟一般人不一樣的事嗎？」

「既然如此，待在家裡複習妳岌岌可危的科目，也可以當作談戀愛的一部分。」

「都已經岌岌可危了，也不差這一個星期！」

「阿姨不會希望妳因為談戀愛荒廢學業。」阿靖的唇角不自覺地揚起，「雖然妳那些科目的荒廢跟戀愛也沒關係。」

「就算你笑起來很好看，但在錯的時間點，不管多麼對的事，結果都一樣是錯的。」

他無所謂地聳了聳肩。

漂亮纖長的手指在筆記本清單上第三項點了幾下，隨著他的動作，我的視線落在一抹淡藍色下的筆跡：「一起吃草莓聖代」。

我不自覺皺了皺鼻子。

「藍色的優先順序是最後的耶……」

「妳只有這一週有機會完成這一項。」

確實。

因為阿靖不吃甜食。

抽走筆記本，我刻意讓語調顯得輕佻，掩飾內心瀰漫的苦澀。

「果然，『喜歡』就是能讓人得到特權呢。」

□

「第一口給你吃。」

我毫不留情地點了看起來最甜的草莓聖代，甚至舀起沾附最多糖漿的冰淇淋，送到阿靖嘴邊，連笑都甜膩膩的。

阿靖皺起眉，臉上的為難非常明顯，而不是平日裡那種隱約不明的壓抑，我想，這或許才是「正常」的相處關係吧。

「妳是想談戀愛還是想惡作劇？」

「書上都是這樣寫的啊，無論是好的壞的，擺進喜歡裡頭，都會變成甜的。」我愉悅地笑出聲，「不過阿靖不喜歡甜味，要是談起戀愛來，會很苦惱吧。」

「是很苦惱。」

我感同身受地重重點了兩下頭，卻依然沒有放過他的意思。

「事已至此，你只能接受了。」

他無奈地吃掉湯匙裡飽含糖分的冰淇淋，端起手邊的水杯一口氣灌下大半，我托著腮咬著被冰淇淋的水分浸濕的捲心酥，甜膩又鎖喉，但人總是這樣自討苦吃，既感到不舒服，卻又覺得幸福。

要花上多久才能沖淡我對阿靖的喜歡呢？

又要耗費多少力氣，才能抹去這一星期的每分每秒呢？

明知道得到越多，只會讓往後的自己越痛苦，卻仍舊貪婪地想讓阿靖的存在在我心尖刻劃更多的痕跡。

「阿靖。」

「嗯。」

「你喜歡我嗎？」

他的手忽然僵住，只差幾公分玻璃杯就能安然擺回桌面，卻因為我所拋出的問號，久久地懸在那麼近卻又無法安置的中途。

垂下眼，我勾起一抹淺笑，舀起聖代裡鮮豔的草莓，彷彿沒意識到我的提問的重量，若無其事地咬下草莓。

又甜、又讓牙根發酸。

不喜歡。

我記得他總是如此斷然地回答我。

「聽小宛說，這是每天都要問上好幾次的問題呢。」

擺在桌下的手不自覺緊緊扯住裙襬，為了掩飾指尖的顫抖，我佯裝輕鬆地撥弄著頭髮。

我又說了一次。

「阿靖，你喜歡我嗎？」

抬起眼眸，唇畔啣著笑，我極力讓每一分表情與舉動都透著戲謔。

提醒他，此刻的我們，反正不是真的。

他手中的玻璃杯終於擺上了桌面，我迎上阿靖那雙幽黑深邃的眼眸，這一瞬間，時間彷彿被放得極緩極緩，緩得幾乎讓人陷入時空縫隙中的某個孔洞，再也無法跨向下一秒。

「嗯，喜歡。」

我的心尖狠狠顫了一下。

一陣強烈的酸澀衝上眼鼻，我猛然站起身，像演著獨角戲的演員，擺出誇張的表情，環抱著雙臂，臉上掛上彆扭的笑容。

「天啊，也太尷尬了，不行，我需要冷靜一下，我錯了，我不應該隨意做這種嘗試的。」

阿靖沒有接話，但我的戲不能停下。

「等我平復心情之後就會回來，你先吃吧，把全部的草莓都吃掉也沒關係。」

話一說完，連句點都還沒能落地，我便迅速地轉身，疾步走往洗手間。

關起門，顫抖的手連落鎖都顯得有些艱難，我倚著單薄的門板，眼淚忍不住潰堤，但我只能死命摀住嘴，奮力掩去哭泣的嗚嗚。

……嗯，喜歡。

阿靖的回答，重重地扎進我的喜歡。

我終究得到了自己殷殷切切想要的答案，但是，那卻成為一種諷刺。

提醒我，即使強佔了阿靖的喜歡，他的喜歡仍舊不屬於我。

這一切不過是我的強求。

然而此刻我唯一能做的只有緊緊環抱著自己，然後，用盡所有力氣，逼迫自己替喜歡畫下句點。

12

我生了一場病。

假的。也是真的。

我不知道穿著單薄的睡衣在陽台睡了一整夜得來的高燒到底該算是真的還是假的。

阿靖給的時間只過了一半，我既不知道如何繼續，也找不到合適的時機喊出結束，懦弱的我最終只找得出這樣一個糟到極點的方法；也許他輕易就能看穿，畢竟我拿得出來的手段總是只有那幾個，我不會忘記，這曾經狠狠激怒過阿靖。

然而他連一個字也沒有提。

捧著阿靖煮的薑茶，我偷覷著他正專注讀著書的側臉，纖長的睫毛隨著眨眼緩慢地搧動，在他漂亮的眼眸周旁覆蓋一抹陰影，卻讓他顯得更加難以探究，也更無法捉摸。

「我一個人沒事的。」

「嗯。」

「你也有需要做的事吧。」

「嗯。」

「所以——」

「喝完了嗎？」他瞄了我一眼，注意到我手中的薑茶幾乎沒減少，「在涼掉之前快喝。」

我嘆了一口氣。

捏起鼻子認命地喝完嗆口的薑茶，才剛吞下，他就遞來一杯溫水，另一手又自然地收走我手裡的空杯。

阿靖還是生氣了。

但我實在沒有立場也沒有力氣去討好他。

「我要睡了。」

躲進棉被裡我背對著他，既然躲不過就只能採取最消極的抵禦。

然而我卻感覺到床沿有微微的陷落，接著他的手，輕輕擺在我的頭上，溫柔地拍著我的頭。

「聽說，喜歡的女孩生病的話，就要這樣哄她。」

「我不想繼續這個遊戲了。」

「等妳痊癒之後再說吧，他們說，生病的時候容易無理取鬧，要是當真的話，後果會很嚴重。」

「不管你從哪裡、又是從誰聽說的，都不是真的。」

「睡吧。」

阿靖沒有理會我的抗拒，依然輕輕緩緩地拍著我的頭，我沒有辦法繼續反駁，因為淚水已經忍不住滑落，再開口就藏不住鼻音；於是我只能承接著，我想要卻不該屬於我的溫柔，一邊疼著，一邊又貪心的記憶著。

意識朦朧模糊之際，彷彿聽見他壓抑的嘆息。

那道若有似無的嘆息聲，牽引著我不由自主想起曾經和他的對話。

「阿靖，萬一哪天你喜歡的女孩，像你一樣毫不留情地拒絕你，你會不會放棄？」

「會。」

「但你不會想著，如果再嘗試著兩次、三次，或許對方就被你打動了啊。而且，一被拒絕就放棄，多少會感覺你的喜歡不夠多吧。」

「喜歡的多寡跟放不放棄沒有關係，對方的拒絕是她的決定，我的放棄也是我的決定。」

「阿靖你啊，真是一個果斷到有點無情的人呢。」

「如果第一次不放棄，那一個人要被拒絕到第幾次才會放棄？」

「什麼意思？」

「一直不放棄的理由，到底是喜歡還是不甘心，到最後誰也分不清楚，既然如此，倒不如只給自己一次機會。」

「這種魄力不是每個人都能有的啊。」

「不下定決心，結果只會傷害自己又傷害對方而已，一開始妳說的，明明就是喜歡不是嗎？」

是啊。

一開始讓心頭甜甜的喜歡，怎麼會越走越苦澀，越走越疼痛呢？

說到底，也不過是一種自私。

□

雨忽然落了下來。

從深夜裡的第一顆水珠滴落之後，淅瀝瀝的雨便毫無止歇的跡象，站在窗畔我端詳著雨絲之間的縫隙，探出手，冰冰涼涼的雨滴逐漸在我掌心凝聚成一汪小小的池；然而只消一個翻轉，便什麼也不剩。

我看見阿靖從街的另一端走來。

早上我的燒才剛退，他用著強硬而不容商量的姿態逼迫我留在家裡休養，我費了極大的力氣才說服他不跟著一起請假，但他上了不能缺席的必修課，卻還是蹺掉了下午的課。

他撐著一把深藍色的摺疊傘，傘的大小勉強能替他擋去半大不小的雨，阿靖的步伐似乎比平時快了點，只要他稍微抬頭就能看見我正不聽話地站在窗邊吹風，我一點也不想承受他釋放的低氣壓，旋即往後退了一步，打算將窗掩上並快速回到床上營造乖巧休息的假象。

然而，我的手才搭上窗，卻看見一抹鮮豔的紅快速奔向阿靖。

紅傘下的身影是我再熟悉不過的女孩。

阿靖止住腳步，撐著紅傘的馬尾女孩繞了半圈走到他的面前，這麼遠的距離，我一個字也聽不見兩人的交談，連他們半隱沒在雨中的身影都顯得模模糊糊。

最鮮明的，便是那抹鮮豔的紅色。

在被雨霧籠罩的、灰濛濛的街道上，突兀刺眼的撕裂整幅畫面。

我告訴自己應該要刷地一聲拉起窗簾，將所有進行中的故事阻擋在我的視野之外，無論是馬尾女孩，或者是將來的短髮女孩、眼鏡女孩，那都是關乎於阿靖卻與我無關的一切；然而我的手緊抓著窗簾，任憑粗糙的布面磨咬著我的掌心，卻遲遲無法下定決心擋去不遠處的畫面。

紅傘摔落在地。

馬尾女孩踏進深藍色的傘下，撲進阿靖的懷裡。

我看見阿靖抬起手搭在她的肩上，也許是即將推開她，又可能是即將擁抱她，我的手忍不住顫抖，想窺見答案卻又不敢翻牌，最後我猛然拉起窗簾，掩去那窗外與我無關的行進，也遮去那本就顯得微弱的午後光芒。

幽暗而無光。

我沉默地坐在床沿，抬起頭凝望著天花板上閃爍著螢光的南十字星，早知道應該和阿靖貼上一樣的星座，這樣我和他兩個人就能每晚都看著同樣的星空入睡了。

然而我又忍不住苦笑，總是這樣，我總是這樣自欺欺人。

不斷地催眠自己也不可能改變過去，從我的左耳被宣告再也接收不到聲音的那天起，句點便早已預先被設置在盡頭了。

妳呢，害怕的從來就不是遭受阿靖的拒絕，而是他的接受。

一道光線忽然劃開整個房間。

我瞇起眼，看見被拉大的縫隙裡阿靖的身影逐漸完整，他沒有開燈，他從來就不會貿然改變我所處的狀態，第一個動作總是先讓他自己適應，配合著我的一舉一動。

「要開燈嗎？」

「不要。」

他讓門虛掩，留下一道能夠模糊看見對方輪廓卻又無法看清彼此表情的光線，輕巧地在距離我一個掌心的位置坐下，我稍稍傾斜身體，將頭靠上他的肩，緩慢闔起雙眼。

然後我想起那一天。

我記得天空藍得不可思議，日光熱熱暖暖的，不時有沁涼的微風撫過，一早我就迫不及待地跑到阿靖家，一如往常地纏著他陪我玩耍；那時的阿靖和現在簡直是兩個模樣，他好動，脾氣也不怎麼好，特別不耐煩我這個小跟屁蟲，卻不得不屈服於他媽媽的命令，憋著臉假裝沒看見我在他身邊東轉西繞的。

林靜蕾妳離我遠一點。

這句話，阿靖大概每天都會說上三次。

我不是沒有其他玩伴，但不知為何，我特別喜歡阿靖，即使他從來沒給我一抹笑，即使他始終惡聲惡氣地對待我，我仍舊笑嘻嘻地跟著他，磨久了，他似乎也默認了必須帶著一個麻煩；我和阿靖，一開始就維持著一種尷尬又微妙的關係。

然後是那天。

剛學會騎腳踏車的阿靖搖搖晃晃地載著我，好幾次都驚險地差點摔車，但我還是非常開心地笑著，因為那是阿靖第一次主動邀我出去。

林靜蕾我載妳去公園。

他的笑容非常張揚，在我的印象中，那是他第一次對著我笑。

然而，在度過幾次驚險的搖晃後，迎面疾駛而來一輛機車，以快得讓人心驚的速度與我們擦身而過，本就難以保持平衡的車身彷彿宿命一般傾倒翻覆，我被一道力量甩往邊坡，在一片混亂之中我只記住的只有一次又一次的旋轉翻覆。

彷彿斷裂一般，我再次張開眼後的世界已經換了另一種面貌。

阿靖守在我身邊，小心翼翼地盯著我瞧，從那天之後，他便總是像在醫院床頭那般守著我，他的臉上再也不曾出現不耐煩的表情，彷彿角色對調一樣，一大早跑到對方家等待的人變成了他。

只是，我也從此再沒見過他那抹飛揚的燦爛笑容。

阿靖對我極好，極好。

好到讓我慶幸自己喪失了左耳的聽力。

但我比誰都清楚，他對我的好，其實是一種愧疚，無論我花了多少力氣逃躲這個事實，卻總是揮之不去。

我對他的喜歡，從開始就註定沒有延續。

平衡。

我自欺欺人想維持的平衡，從一開始就處於扭曲而荒誕的角度，但我不敢提起，對誰都不敢，將秘密深深藏匿在心底深處的禁區，以為只要這樣，就能心安理得地待在阿靖的身旁；只是我的自私卻一步步摧毀著他，摧毀著我明明深深喜歡著的他。

說到底，我不過是阿靖心頭的一根刺。

日日夜夜扎著，讓他時時刻刻都泛著疼。

「阿靖。」

「嗯？」

「我們搭上火車到哪個誰也不去的小站吧，趁著下雨。」

「等妳完全痊癒之後再去吧。」

「雖然不在清單上，但這是我現在最想完成的一件事。這場雨，大概還得持續一段很長的時間，但是時間，卻又總是流逝得比我們想像的還要更快，等到雨停了以後，說不定已經有各式各樣的事物產生了不可逆的轉變……以前我總是覺得路途很長，以為終點還在某個肉眼看不見的盡頭，但走著走著，卻突然發現不遠處的路標居然寫著『終點』兩個字。」我輕聲地說著，「我們，不知不覺都已經長大了呢。」

一轉眼，我和阿靖都已經走得太遠太遠了。

也讓我們、成了另一張臉。

□

車廂上除了我和阿靖之外一個人也沒有。

我輕快地踢著腿，右手牽著阿靖的手，頭隨著火車的搖晃左右搖擺著，沿路上我東扯西聊的，從老舊帶有油垢的車廂門到窗外一閃而過的電線桿，大概，所謂的日常就是這麼一回事，清淡如水，嚐起來卻有各種滋味。

如果能永遠不到站該有多好。

阿靖握住我的那隻手，力道大得讓人清楚感受到他的緊繃，但我依然啣著笑，承受著微微的疼痛，繼續說著無關緊要的話題。

「回去吧，等放晴之後再來，就算只是冒著雨散步，對妳的病也不好。」

「我們都已經坐了一小時的火車，離目的地只剩下三分之一的路程，在這裡打消念頭，可能就再也不會有下一次機會了。」我揚起淺淺地笑容，將頭靠在他的肩上，分不清傳遞而來的震動是他或者火車的顛簸，「因為，今天是一週期限的最後一天啊。」

潮濕的氣味瀰漫在空氣裡頭，呼吸之間充斥著某種異質感，受到水氣浸潤的阿靖散發一種沉甸甸的氛圍，他抿著唇，和我輕快的語調形成極大的衝突。

「在這一站下車吧，雖然不是目標的終點站。」

「林靜蕾。」

我站起身，絲毫不受他緊繃的表情影響，當車門一打開，我便拉著他一起跳下車廂。

阿靖為了撐開傘不得不鬆開我的手，他的動作非常俐落卻帶著不適合他的急切，在他替我遮去雨霧的同時，我旋過身也替他擦掉沾附在頭髮上的水珠。

也避開他再度牽起我的手的預備。

「真是偏僻的站呢。」背著手，我的視線流轉了一圈，「一個人也沒有。」

我踏著輕緩的步伐往前移動，沒有設定好的方向，就只是往雨的更深處走去。

出了車站，出現在面前的巷弄同樣安靜得彷彿失去了聲音，我和阿靖的世界之中彷彿只剩下雨滴撲打著傘面的聲音，以及彼此的呼吸。

「我最近忽然想起小時候的事情，明明應該很模糊的場景跟內容，卻非常的清楚，我才記起來，阿靖你以前總是要我不要跟在你身後呢，可是每一天我都還是在你面前打轉，不知道為什麼，就算你從來沒給我好臉色，但只要我遇上了開心的事，或者得到新的玩具，總是想立刻讓你知道……該說是習慣嗎？直到現在我也還是跟小時候一樣，不管開心或者難過，最先想起的人總是阿靖，大概是因為我一點長進也沒有，才會隔了那麼長的一段時間才想起來，一開始，並不是這樣的。」

「人都會改變，一開始是什麼樣子，並不是最重要的事。」

「嗯。」我輕晃著腦袋，視線卻忽然找不到能集中的焦點，模糊的畫面讓人難以分辨究竟是出自於我自身的失焦，又或者源於水霧的遮掩，「我也是這樣告訴自己的，一次又一次，理所當然地接受你對我的好，回過神來才發現，不僅僅是我，而是在我們兩個人周圍的每一個人，都把你對我的好視為一件再自然不過的事情，可是，一旦開始感到納悶，那些所謂的『理所當然』就逐漸扭曲成一種荒誕的形狀，這個世界上，沒有一個人對另一個人的好，是理所當然的……」

我停下腳步。

兩個人就這樣站在路的正中央，我轉身迎向阿靖的雙眼，依然掛著淡淡的笑。

當光滑的表面出現第一道裂縫之後，即使每一次只增加些許的細紋，但一次兩次地堆疊累加之後，長久以來的遮掩便會逐漸崩塌瓦解；我們唯一能做的，大概只有趕在面目全非之前，設法讓裂痕定格不再擴散。

「林靜蕾。」阿靖以太過幽黑的雙眸盯視著我，聲音壓抑得彷彿正醞釀著一場風暴，「我不知道妳最近到底怎麼了，談戀愛也好，心情不好也好，甚至想質疑人生都無所謂，但就算是妳的生活，也不是妳一個人的事。妳說得沒錯，很多事情一開始都不是現在的樣子，但那又怎麼樣？人之所以走到現在這個位置，都是自己的選擇，我對妳好或者壞也都是我的選擇。」

「你還記得嗎？你曾經答應過我的事。」我深深地凝望著他，不由自主伸出手貼上他的臉頰，熱熱燙燙的，也可能是我的手太過冰涼，「我說過，無論我們的關係多緊密，也還是有區域劃分的問題，一旦界線模糊，就會萌生不恰當的感情，例如喜歡。」

我輕輕笑了。

胸口卻酸澀得讓人發疼。

「阿靖，你答應過我的啊，要在我面前畫出一道界線，可是你還是給了我一個星期……我知道不應該把所有責任的重量都放在你身上，但是啊，你也知道我從小就是個意志力特別薄弱的人啊，就算認真地在面前拉出一條線，沒隔多久就會找出各式各樣的理由，把線移往靠近你的位置，像這樣一寸一寸地挪移，最後就像這樣，得寸進尺地連你的喜歡都能霸佔上一個星期……你也知道我是那種明明打勾勾說好只能吃掉一盒布丁，吃完之後卻還是會耍賴逼你點頭讓我打開第二盒的人，阿靖的喜歡，在我眼裡就像布丁一樣，就算吃壞肚子，也絕對學不乖，下一次還是會想盡各種方法讓自己多得到一點……」

踮起腳尖，我的雙手小心翼翼地捧著他的臉。

即使能察覺狀況即將失控，阿靖也總是任由我恣意而行。

我和他之間，選擇權一直握在我的手上，這樣子是絕對沒辦法取得平衡的，像是劃分的領地，任憑某一方的意志擴張，另一方的空間只會不斷受到擠壓。

人是永遠不可能饜足的。

「喜歡這種感情，果然，一旦萌生，就會像雜草一樣瘋狂地蔓延，無論多麼拚命也沒辦法完全消滅呢。」

我的唇極輕極緩地貼上他的。

曾經我勾勒過上百次兩人親近的場景，卻怎麼也料想不到竟會是一抹抵達終點前的告別。

「我希望這是一場戀愛遊戲，時間到了我和你就能各自回到原位，回復到起初的生活，但是我沒辦法，因為，我對阿靖的喜歡，打從一開始就不是假裝。」

我往後退了一步。

拿出安靜躺在背包裡的傘，撐開淡綠色的傘面，兩個人從共撐一把傘到各自撐著傘，不過一步之遙，卻是兩個世界。

我明明自己有傘的。

「阿靖。」

我幾近呢喃地喊著他的名字。

縱使只有一小步的距離，然而聲音卻受著雨幕的阻隔，大概所謂的界線就是這麼一回事吧。

「雖然還剩下幾個小時，但我們、到此為止吧。」

13

我認為自己做了一個非常成熟的決斷。

也因此，將我體內的成熟理智悉數消耗殆盡，結果便是我迎來極大的反彈，採取了最幼稚的方式來面對決斷之後的尷尬與痛苦。

簡單來說，拚著一口氣完成了「告白，然後告別」的流程後，我拎著背包頭也不回地離家出走了。

當然，我有在客廳茶几上壓著一張「不要來找我」的字條，雖然我直覺認為我爸媽根本不會有想找我的意思。

「課不用上了嗎？」

「陷入低潮的人不會考慮這麼現實的問題。」

「地球不會因為妳掉到谷底就停止轉動，妳封閉在自己的空間裡越久，想跟地球再一次取得同步就越加困難。」

「我這裡很清楚。」我伸出食指敲了敲腦袋，接著又拍了兩下胸口，「但這裡做不到。」

「所以，抬起頭不要把注意力一直擺在妳的感情上，既然不屬於妳，多看一次只是越加深難過跟不甘心。」表姊柔若無骨地側躺在沙發上，鮮紅色的指甲和白皙的肌膚構成非常搶眼的畫面，「真是沒想到妳也到了會因為愛情而尋死覓活的年紀了吶，印象中妳明明只是個用一盒布丁就能打發的小鬼啊。」

一個月前阿靖也還是用一盒布丁打發我啊。

但我沒有把黑歷史端出來成為別人談資的喜好。

「先說好，我頂多就收留妳一個星期，就算妳決定放棄課業或者放棄人生，也別在我的視線範圍。」

「我沒有打算放棄人生，只是需要一點緩衝的空間。」

「如果妳想說，我可以勉強聽一下。」

「不需要。」我把頭埋進抱枕裡，「一旦告訴妳，沒幾天就人盡皆知了。」

「既然每個人都清清楚楚看見妳的傷口了，妳就沒必要躲起來療傷，反而會好得比較快。」

「萬一太過開放所以染上細菌再也無法痊癒怎麼辦？」我悶悶地說著，「又不是每個人的心理素質都跟妳一樣強悍……」

「覺得自己做不到，那就絕對做不到，小靜妳啊，有時候就是太鑽牛角尖了，大多數的事情都只要直截了當地就能乾淨俐落地處理，妳卻老是考慮東考慮西，不管妳的出發點是什麼，但有時候考慮太多反而看不清事物的本質跟核心。」

「我是來冷靜的，不需要心靈雞湯。」

「喔，不只鑽牛角尖，還固執。」

鼓起臉頰我不快地哼了聲，我喜歡表姊的特質跟討厭她的特質都是同一個：直接乾脆不留情。

但她沒有提到阿靖，連擦邊的話題都沒有碰觸。

表姊八成已經察覺異樣，畢竟我從踏進她的住處到這一秒鐘，完全沒有丟出「阿靖」這個名字，在這之前，無論我的情緒是喜是怒，沒說幾句話就會提上一次阿靖如何如何；阿靖的存在，滲透進我生活的程度既深又廣，縱使只是簡單的「不提及」，就足以構成不尋常。

恍神之際，門鈴猛然拉回我的思緒。

我瞄了眼牆上的掛鐘，不上不下的下午三點半，不是一個會出現訪客的時間段。

「找妳的？」

「不管是不是找我，我都不在。」

表姊慵懶地踱步到窗邊，抬指挑起窗簾，我不由自主地盯著她臉上的表情，看見她露出一抹不尋常的詫異。

沒多想，我抓著抱枕就跑到窗邊。

「找妳的。」這次表姊的句子變成肯定句，語氣中還摻進了調侃，「很期待他來找妳嗎？我的表情才稍微變了一點，妳就迫不及待地衝過來確認。」

「妳故意的嗎？」

「如果妳心裡沒有放著那樣的心思，無論我故意做些什麼，對妳都起不了作用。」

無可反駁，我只能冷哼。

但表姊不顧我的抗拒，逕自走往玄關，眼見她的手搭上門把，阻止不及的我下意識就想躲進房間，動作卻被她柔軟細膩的嗓音定住。

「我不知道你們之間發生了什麼事，但在妳閃躲之前，最好先做好『他不會給妳下一次』的心理準備，小靜，也許你們只是鬥氣，但這世界上最不能經受消磨的，就是人的感情。現在，我給妳十秒鐘，應該夠妳跑回房間了。」

我進行了一個極長極長的深呼吸。

指尖不由自主地顫抖，我努力對抗著正在叫囂的退縮與恐懼，最後終於逼迫自己開了口。

「我自己開門吧。」

表姊看了我一眼，儘管我的情緒緊繃得異常明顯，她卻沒有給我任何勸慰與鼓勵，而是逕自走回房間，留給我一個能夠安靜面對阿靖的空間。

我搭上門把，費了相當大的力氣才得以旋開門。

然後，我拉開沉重的金屬門，阿靖的身影隨著開展的縫隙越來越完整。

我想說些什麼，卻擠不出聲音，巨大的凝滯籠罩在兩個人之間，吞噬撕咬著彼此，這瞬間我才明白，最可怕的並非失去聲音，而是迴盪在耳畔的，只剩下沉默的喧囂。

然後他說：

「我來接妳回家。」

□

「我來接妳回家。」

我花了一段時間才徹底消化這簡單直接的六個字。

阿靖擺出絲毫未受動搖的姿態，彷彿我的告白與告別都是一場玄幻的夢境，但只要稍微仔細一點，便能清楚地感受到他的壓抑與故作自然。

大概，這是他想出來的、最能保全兩個人關係的方法。

一直以來我也是這麼做的。

然而我已經假裝得太久太久了，表姊說得沒錯，儘管理智明白將刺挑出才能讓傷口痊癒，但我和阿靖總是設法將心裡的刺埋往更深處的軟肉裡，在我們看不見的地方，最柔軟的部分正悄悄潰爛著，痛楚也隨之加劇，以至於讓我一次又一次萌生自私又卑鄙的念頭，試圖將不屬於我的感情當作麻痺傷口的嗎啡。

嗎啡能止痛，嗎啡會上癮，但嗎啡卻無法阻止傷口的惡化。

「過幾天我就會回去了。」

「小靜——」

「陪我去巷口的雜貨店吧。」我給了阿靖一抹微笑，「我覺得自己需要一點糖分。」

阿靖沒有堅持。

一如既往地對我讓步。

我和他的步伐明顯比平日慢上許多，彷彿兩個人正走往宿命般不可逆的交叉口，我有一搭沒一搭地把玩著掌心，想著，該怎麼樣才能挑出兩個人心中的尖刺。

——大多數的事情都只要直截了當地就能乾淨俐落地處理，妳卻老是考慮東考慮西，不管妳的出發點是什麼，但有時候考慮太多反而看不清事物的本質跟核心。

直截了當。

也許正如表姊所說的，我總是懷抱著太多的顧慮。

雜貨店就快到了。

像這樣，因為顧慮和遲疑，一眨眼就抵達了中繼站，想說出口的話、想試圖改變的事，又再度彌封進不透光的抽屜裡，越放越陳舊，結果抽屜一拉開，裡頭全都是錯過時機的心意以及感受，積累成一面難以跨越的城牆，將兩個人越隔越遠。

我不知道攤開傷口之後我和阿靖會走往哪個方向，但至少，他再也不必將身軀維持在如此扭曲的角度。

離雜貨店只剩幾個跨步，我突然止住移動，就這樣站在路的中央，張望著不知通往何處的前方。

「阿靖，你總是站在離我的心臟比較遠的那一邊呢。」

我旋過身，讓自己面對阿靖，我想揉開他緊鎖的眉心，卻忍下了舉起手的衝動。

「那是——」

「我知道，因為我的左耳聽不見。」我伸出手，掌心輕輕貼放在他的左胸口，

「就是因為我的左耳聽不見。」

我的左耳聽不見。

簡簡單單的七個字，我和阿靖卻不知耗費了多少力氣設法忽略與遮掩。

藏得越深，刺便扎得越深。

揚起淺淺的微笑，我極其認真地凝望著他，不知怎麼著，在如此寧靜的時刻，我的心底卻溢滿濃厚的哀傷，但我卻拿不出除了微笑以外的表情。

我和阿靖都非常清楚，問題從來就不是一個人站立的位置，即便我像這樣讓掌心清楚地感受阿靖的心跳，兩個人之間始終有所阻隔。

看似比誰都還要近的距離，卻遠得、讓人無能為力。

「我從來都不覺得一隻耳朵聽不見有什麼太大的問題，你也很清楚吧，除了我和阿靖的家人打從一開始就知情以外，也沒有其他人發現過，我也沒感受到什麼樣的不方便，但就算我這麼對你說上一千次一萬次，也只是讓你的負擔更加沉重吧，所以我再也不提，彷彿這件事從來就不存在過，可是，那也只是一種自欺欺人而已。」

我斂下眼，緩慢地收回手，屬於阿靖的溫度清楚地留在我的掌心，然後隨著時間一點一點地消散殆盡。

最後什麼也沒能留下。

「我曾經對你說過，一邊耳朵聽不見真是太好，這是真的呢，有很長一陣子我總是偷偷竊喜自己的左耳受了傷，因為受傷之後，阿靖就對我很好、很好，也總是待在我的身邊，再也不會嫌我麻煩，也不會想盡辦法甩開我；但是有一天，我忽然發現，當你站得離我越近，我和你之間就離得越遠，大概是我跟阿靖你啊，從站立的起點就註定抵達不了對方的身邊了，像是一個人站在二樓而另一個人站在三樓，在很遠很遠的地方看不出端倪，但當兩個人離彼此越近，就會看得越來越清楚，這種高低落差，並不是奮力奔跑就能克服的事吧。」

阿靖的起點是愧疚。

而我卻是喜歡。

大概，從一開始就註定錯開吧。

淚水安靜地從我的眼眶滑落，然而我的嘴角依然泛著笑。

究竟從什麼時候開始的呢？

阿靖再也不對我說出真正的答案，從他口中說出的每一句話，都在我身上繞上一圈，確認了每一個字都不會違背我的想望之後，才會被化作言語；察覺這一點之後的我，也開始習慣在臉上掛著淺笑，深怕只要自己一個蹙眉或者抿唇，就會將他推得更加遙遠。

於是我便總是以太過清晰的角度，鉅細靡遺地注視著他的疏離。

然後就這麼一點一點，終於超出了我所能承受的重量。

「我試過很多方法，試著朝你走近，我花了很長一段時間才明白，就連我的這些嘗試都是一種自私，因為阿靖你啊，從來就沒有給過你自己把我推開的權力，也沒有留給你自己選擇的餘地，就算整個世界的人都集合起來對你說『這件事你根本不需要在意啊』，阿靖你大概連一個字也不會聽進去吧。」

我抬起眼，阿靖的面容顯得有些模糊不清，像種隱喻，大抵我這些年來看見的他都是如此的模糊吧。

「所以就由我來進行選擇吧。」

我往前踩了一步，讓自己的頭輕輕靠上他的胸口，我能感覺到自己的指尖正微微顫抖著，鼻尖繞著我太過熟悉的氣味，我深吸一口氣，貪婪地想牢牢記憶下關於阿靖的每一個瞬間。

為了承接失去進行著預備。

——阿靖你，在什麼情況下會跟我完全切斷關係呢？

——如果哪一天妳想跟我完全切斷關係的話，我就不會再連絡妳。

如果消弭不掉阿靖心裡的愧疚，那麼，就拉開兩個人的距離吧。

至少，阿靖往後的人生只需要考慮他自己就好。

我的指尖深深陷入掌心，逼迫自己，一個字，一個字清晰地拋擲而出。

「阿靖，我再也不想見到你了。」

他繃緊著身體，既沒有擁抱我，也沒有推開我。

從來我就沒搞懂過阿靖真正的感受，唯一能作為線索的便只有他不經意流露出的停頓或者像此刻一般隱微的忍耐；然而說到底，我給出的結論也不過是種臆想，這些結論裡真正的成分大概仍舊是我個人的期盼，只要阿靖待在我所能及的距離，他的行動便會被侷限在我的期盼裡頭。

於是我又說了一次。

「阿靖，我再也不想見到你了，這就是我最大的期盼。」

我離開他的胸口，斷然轉身。

我既看不見前方的景色，也無法得知背後的顏色，只感覺風從右邊耳畔滑過的聲響，時間以一種扭曲的姿態被拉得極長極長，每往前推進一秒，我的心便深深陷落一寸；我催促自己抬起腳步，卻用上比平時費力百倍的力氣才得以往前移動。

一步接著是另一步，直到我再也聽不見風聲。也再也聽不見他。

□

我的手臂忽然傳來一陣拉扯與疼痛。

阿靖醞釀怒氣的臉猛然躍入我的視野，他的視線承載著我幾乎無法負荷的熱度，一時間我完全無法掌握現狀。

「妳到底要自說自話到什麼時候？」

「我——」

「沒錯，我一直覺得抱歉，如果沒有那場意外，妳就不會喪失左耳的聽力，有很長一段時間我確實不知道怎麼面對妳，只能拚命對妳好，能讓妳開心的事情就想辦法去做，這些是事實，我不會否認。」他鬆開手，烙印在我手臂上的灼燙卻久久不能消散，「但是，一個人的愧疚，比妳能想像的還要更加淡薄，沒有幾個人能真正拿一輩子來彌補，何況，妳自己也說了，一邊耳朵聽不見不會帶來多大的困擾。」

「但是你總是在退讓，不是嗎？」

「妳看見的或許是退讓，但對我來說，那是我的選擇。」

「所以我才說不能繼續這樣下去，我和阿靖的這種關係太扭曲了，即使你說你對我的好不僅僅只是愧疚，但是——」

我的話被蠻橫地打斷。

瞪大雙眼我不可置信地看著阿靖放得極大的輪廓，無論是他箝制住我腰際的手，或者是霸道地封緘住我雙唇的舉動，都讓我迎來一瞬又一瞬的恍惚。

接著他將我擁入懷中，他重重的嘆息彷彿低啞的鐘聲，震動著我的身體。

「妳怕我對妳的好是出於愧疚，但我也擔心妳對我的感情只是依賴……我很早就發現妳對我產生不一樣的感情，妳也要求過我拉開距離，但我答應了妳，卻又做不到，假裝自己對妳的好都在青梅竹馬的合理範圍內，警告自己不要靠近，卻不阻擋妳越走越近，我……」

阿靖很少說上這麼一長串的話。

他說的每一個字似乎都超出我的理解範圍，我無措地扯著他的衣襬，慌亂到整個人都在顫抖。

「我們兩個人之間，從來沒有足夠的距離能夠好好釐清感情的樣貌，所以那天，我警告自己不能挽留妳，至少要給妳一段能夠好好整理感情的時間和空間，只是，我的意志力遠比自己以為的還要薄弱，又或者，我控制不住自己的自私，我甚至，連後退的選項都不想留給妳——」

「阿靖，你知道自己在說什麼嗎？」

他輕輕將我拉開，傾下身，極其慎重並且認真地凝望著我。

掌心溫柔地撫摸著我的臉頰，那裡有早已被風乾的水痕，還有他指腹滑過的溫熱。

「林靜蕾，我喜歡妳。」

「一個星期的期限已經過了，阿靖你現在說的每一個字，我都會當成是真的喔。」

「就算是在那一週裡頭，我說的每一個字也都是真的。」

「阿靖……」

「妳跟我要了一週，但其實，是我從妳手裡得到了我不敢討要的時間，小靜，我沒有妳想像的那麼勇敢，也沒有妳以為的那麼堅強，我只是把不願意讓妳看見的樣子藏匿起來，我怕妳失望，所以想扮演妳心中以為的樣子，但我終究還是太高估自己了。」

他溫柔而懇切地在我額頭落下一個熾熱的吻。

之後熱燙的唇循著眉心滑至我的鼻尖，最後他的額頭抵上我的，溫熱而充滿屬於他的氣味的呼吸濃密地將我包覆，讓我毫無逃躲的縫隙。

「小靜，我不準備跟妳討要答案，不管妳決定要前進又或者後退，我都不打算放手了。」

從阿靖拉住我的那一瞬間起，站在我面前的這個男人，彷彿沒能準確貼合的圖層，現實的他，以及我自以為熟知的他，漾開兩種不同的顏色，我感到慌亂，卻又懷抱著滿溢的期盼，因為這份突如其來的陌生，卻是我終於能夠趨近他真正樣貌的訊號。

我撲進他的懷裡。

一陣強烈的踏實感終於讓我長久以來搖晃擺盪的感情落了地。

淚水無以抑制地瘋狂滴落，死命抓著他的衣服，像是要把體內所有的擔憂以及不安一口氣宣洩而出。

「我好怕失去你，真的，我一直努力做著失去你的準備，但是越是努力，就越是害怕失去你……就算你對我說的這些話是假的，我也會當成真的，要推開阿靖的勇氣跟力氣已經全部用完了，再也、再也沒辦法凝聚出第二次的力氣了……

我真的，真的好喜歡阿靖……」

阿靖輕輕拍著我的背，低聲安撫著我。

承諾很重，縱使再瑣碎的小事，他也從來不會隨意應允我；然而他卻用無比慎重的口吻，堅定地告訴我——

「這次，換我走到妳身邊了。」

14

感覺整個世界忽然籠罩一層虛幻的薄紗。

我喜歡阿靖，而阿靖也喜歡我，這一句我只敢暗自想像的敘述竟然成了事實。

更別說他拎著恍神的我回家，對著才剛發現我離家出走留言的爸媽，重磅宣告「我跟小靜從今天開始交往」的霸氣行徑，簡直像在我的小宇宙裡投下一顆原子彈，砰地一聲，絲毫沒有留下轉圜餘地。

當然，我爸媽也沒打算給阿靖任何反悔的空間。

我媽甚至殘酷地說出「那今天你就把小靜帶回家吧」。

好不容易回過神來，阿靖已經乾淨俐落地整理好各種關係，例如他牽著我的手，送我到教室門口，小宛連疑問都還來不及扔出來，阿靖就傾身在我額頭印上一抹告別吻，要不是跟他實在認識得太深刻，對上小宛虎視眈眈的火熱眼神後，我差點都要以為阿靖的吻是一種蓄意謀害。

接著是馬尾女孩。

出乎意料地，她並沒有太大的反應，只是冷冷地罵了我一聲卑鄙。

我想，大概我和她再也沒有和解的可能，畢竟我確實無法否認自己的卑鄙與自私。

後來我才知道，我目睹她和阿靖在雨中擁抱的那一幕，是她最後的孤注一擲，得到阿靖果斷地拒絕之後，她的不甘早已消弭了大半，剩下的大抵是對我的不滿。

我不想強求，也沒有立場解釋，設身處地來想，我百分之百做不到馬尾女孩的瀟灑。

感慨完了，我身邊也有必須整理清楚的感情問題，在寡言少語的阿靖短短三天內提了五次「那個男的」，我就深刻地體悟到，我所以為的緩衝期跟阿靖認為的緩衝期定義有著根本性的不同。

於是我約了陳威倫。

儘管我和他之間並沒有多餘的曖昧，上一次見面也多少透露了我心中擺著另一個人，小宛無情地建議我「傳個簡訊就好」；然而在我心中，縱使無法走往期望的方向，仍舊無法抹去他是一個極好極溫柔的人，也不能否認和他相處的好感。

更重要的是，一個捧著喜歡的人，值得得到更慎重地對待。

「好久不見。」

「嗯，久到草莓大福都已經被買走了。」

他愣了一瞬，旋即笑了出來。

「還真是直接乾脆。」他隨意地撥了撥瀏海，「不過，就算早就做好心理準備，但實際得到答覆還是有點失落。」

「這點，我很能感同身受。」

陳威倫笑得更爽朗了。

我將手中的提袋遞給他，「可以吃的草莓大福，聊勝於無吧。」

「謝謝妳的安慰。」他接過紙袋後，眉眼中帶著些許調侃，「已經不再是哥哥了嗎？」

「久違的尷尬又出現了呢。」

「怎麼總是會往尷尬的方向走呢？以後說話前應該要多排演幾次才行。」

「我覺得尷尬沒什麼不好啊，你不是說過，要讓人留下記憶點是一件不容易的事。」

「確實。」他望了我一眼，卻快速地移開視線，「雖然貪心了一點，但希望，我也能在妳的記憶裡佔據一小塊位置。」

「這點你可以放心，至少，我能確定會有一顆草莓大福份量的位置。」

我和陳威倫沒有道別也沒有說再見。

如同我們的相遇，既在預期之外，也在預想之中，雖然沒有深刻的曖昧，卻曾經共同懷抱著想往同一個方向前進的心思，或許也因此才能坦然且輕淡地揮別，接著各自啟程，走往彼此期望卻又無法預期的方向。

而我的前面有著阿靖。

他逆著光，在巷口等待我的模樣在我的心底刻印下太過深刻的輪廓，我總是害怕他在我趕上之前便旋身離去，但我的不安在迎上他淺淡的微笑後應聲落地。

「阿靖特地在這裡等我，是不放心我跟其他男人獨處嗎？」

「順路。」

「怎麼繞都不會在這裡順路啊。」

「我覺得順路。」

「好吧。」我握住阿靖的手，不由自主揚起甜膩的燦笑，瞇起眼不懷好意地瞅著他美好的臉龐，「阿靖，你該不會，很早很早之前就喜歡上我了吧？」

「嗯。」

「你剛剛應聲了嗎？」

「誰先喜歡上很重要嗎？」阿靖寵溺地揉亂我的頭髮，「反正，我比妳以為的還要更喜歡妳。」

然後，我再也不敢接話。

直到現在我才明白，原來要點燃一個人的冷淡，只需要一份喜歡。

我輕輕貼著阿靖的手，轉頭望向兩個人被夕陽拖曳得長長的影子，兩道影子分不清邊界地交融，我想，兩個人對彼此的喜歡，就是一份最完整的圖樣吧。

只能是秘密 I've Always Loved You

後記

我的左耳聽不見。

是不是因為這樣我從來沒聽見過你的心？

隔了一段時間再次讀過故事，才讀了開頭，就彷彿聽見林靜蕾輕輕地喃唸；但也許，如同她每個只能掩藏在心底的問號一樣，無論膨脹得多大，也無論以多麼洶湧的姿態襲來，不能拋擲而出的問題，終就只會也只能是問號。

大抵，有許許多多的人都和林靜蕾有相同的經驗。

可能有那麼一點怯弱，但更害怕的是翻攪出內心深埋的那一根刺，每個人都以為早已被消融的那根刺，卻正因為拚了命假裝若無其事，就越加深刻而頻繁地被想起。

簡直像踩在搖搖欲墜的違建物頂樓，卻一再說服自己一點問題也沒有，最終迎來更決定性，更令人無能為力的結果。

林靜蕾和阿靖幾乎要往另一個極端偏去，對彼此的在乎與保護，則正是將他們更快速推向前的力量。但所幸在最終分岔的那一瞬，他們給出了有別以往的選擇。

面對。

其實這是一則非常簡單的故事，一則關於「面對」的故事。

濃縮起來，也許就是一句話：「埋有刺的關係，在面對尖刺之前，難以得知彼此真正的心情。」不僅僅是林靜蕾，也不只是阿靖，大概更關乎於我的自身，因為是擺在我心中特別艱難的一件事，所以才藉由林靜蕾和阿靖得到一種跨越。

我想，面對心中的刺總是極難的，比林靜蕾的所有擺盪猶疑都還要艱難，畢竟是現實，也畢竟我們無法預先擺好一個理想的結尾；然而，我相信即使必須承受拔起尖刺後的疼痛，卻也總是會有哪個地方擺著一份溫柔，輕輕覆蓋上那抹傷痕。

然後，癒合。

Sophia

只能是秘密

I've Always Loved You

S o p h i a
作 品 集 11

國家圖書館出版品預行編目資料
只能是秘密／Sophia 著.
一初版.一臺北市：春天出版國際, 2018.06
面；公分.—（Sophia作品集；11）
ISBN 978-957-9609-51-7（平裝）
857.7 107007476

ISBN 978-957-9609-51-7
Printed in Taiwan

作　者　Sophia
總編輯　莊宜勳
企劃主編　鍾靈
責任編輯　黃郁潔、牛世竣
封面設計　三石設計

出版者　春天出版國際文化有限公司
地　址　台北市信義區信義路四段458號3樓
電　話　02-7718-0898
傳　真　02-7718-2388
E－mail　frank.spring@msa.hinet.net
網　址　http://www.bookspring.com.tw
部落格　http://blog.pixnet.net/bookspring
郵政帳號　19705538
戶　名　春天出版國際文化有限公司
法律顧問　蕭顯忠律師事務所
出版日期　二〇一八年六月初版
定　價　180元

總經銷　楨德圖書事業有限公司
地　址　新北市新店區寶興路45巷6弄6號5樓
電　話　02-8919-3186
傳　真　02-8914-5524